大地大地大地大地大地大地大地大地大地

大地大地大地大地大地大地大地大地大地大

大地譯叢①

同情的罪

褚威格著

沈櫻譯

同情是把兩面有刃的利刀，不會使用的人，最好別動手。

同情有點像瑪啡，它起初對於痛苦確是最有效的解救和治療的靈藥，但如果不知道使用的分量和停止的界限，它就會變成最可怕的毒物。

關於「同情的罪」

沈櫻

我對於小的東西，有著說不出的偏愛，不但日常生活中，喜歡小動物、小玩意、小溪、小河、小城、小鎮、小樓、小屋……就是讀物也是喜歡小詩、小詞、小品文……特別愛那「採得秋花插小瓶」的情趣。現在大家把外國流行的Mini譯為「迷你」，實在不錯，袖珍型態確是格外迷人，因此我愛讀和翻譯出來的小說也多是短篇。在已出版的十幾本集子中，只有初到臺灣譯出的「青春夢」勉強可稱長篇，現在隔了廿年之久，才又有這本長篇「同情的罪」。

「同情的罪」開始連載時，編輯先生曾作介紹，說這是我在旅美度假中，特為「人間」副刊翻譯的，話說得輕鬆漂亮，給我光彩不少，但事實並不如此簡單，看了不由得苦笑。這譯稿在我離美歸來之前幾月完成，是不錯的，開始卻是早在三年之前的事了。當時因為人間主編桑品載先生見面便拉稿，並一再提議來個長篇連載，我向來不愛譯也不敢譯長篇，可是經不起別人慫恿，後來買到這本「同情的罪」的英文本，讀得入迷時，便一口答應了。答應之後也就認真翻譯起來，想不到譯慣了短篇，對於慢條斯理的長篇，總覺難耐，時譯時停，經過一年多的時間，才譯了

四萬來字，還不到原書的五分之一。越譯越煩，前年底又遇上生病、退休、出國，一連串的生活變動，便索性停筆，逃之夭夭了。想不到善於拉稿的編輯，更善於催稿。到美之後，仍被信函追詢不捨，使我深感文債的負荷，遊玩都覺無心。想遵命清債，而放下的工作又失去重新拾起的興趣，並且覺得這種描寫心理過於細膩的小說，在報上連載，是否能使人看得下去，也大有問題。如果讀者厭煩，編者受責，我的不安恐比欠債更難受。剛好這時無意中看到一本比較通俗的小說，情節非常熱鬧，文字也很淺易，心想改譯這篇也許省力討好。把這意思告訴編者，他也表示同意。得到他的信後，立刻著手趕譯，花了兩個月的工夫，譯出十萬來字，航寄編者，請他先登，續稿以後隨譯隨寄，並且告訴他，我這人缺乏耐心，長篇如不用這種方式逼著，恐怕永遠譯不完。信是這樣寫了，但回信到來，表示同意，希望再多譯點即行刊登時，我的決心又在搖動。因為那篇小說情節雖然熱鬧，卻過於賣弄技巧，故佈疑陣，前半氣勢緊張，結尾卻交代無力。就文學來說，是第二流作品，談不上什麼意境的。我一向是以個人興趣為出發點，翻譯自己最心愛的作品，現在為省力討好忽作迎合的打算，實在有違良心，越想越覺不妥，於是再度停筆。好在並未說定開始刊載的日期，不妨就此拖延。這樣不了了之地拖了一個月，編者大概以

為我有什麼不高興，忽然有一天來信通知，說那篇小說下週即開始連載，希望快寄續稿。這信給我的打擊真是其大無比。爽約不行，續譯又不願，怎麼辦呢？坐立不安地過了一天，覺得與其趕譯自己不願譯的東西，還不如再勉強把「同情的罪」譯完。可是時間迫促，無法商量，急來急去，結果是掛了越洋電話，才阻止了那篇小說的刊出，再答應仍以「同情的罪」清債。從此又埋頭苦譯，並且因為一再改變，不好意思還說隨登隨譯，可是全部譯完交稿又實在不容易，還有，這書除心理描寫瑣細，枝節也覺冗長，使我總覺譯不起勁，好在編者說過不妨節譯，於是我便大加刪節，匆匆結束。

現在文債是還清了，但對於作者和讀者仍是深覺疚歉，連載之後，滿心準備接受責難，想不到好心的讀者還是不斷來信謬讚，並且有好幾位問起原作，想買來一睹全貌，可見不但喜愛褚威格作品的讀者實在不少，而且讀的態度是非常認真的，幸而我沒譯那以情節悅人的通俗小說，犯下低估讀者的大錯。可是這譯文由於急著交稿，提前結束，後面節去的太多，本來想刊登之後再補譯加上。回國之初，一直安定不下，等到譯出要交給編者時，稿子又已經全部提前發排，無法再插進去。於是補譯部份只好加在單行本中。這頗像故意要噱頭，很覺對不起看連載的讀者，好

在喜看連載的讀者大半都會再看單行本的。

此書英文譯名為 Beware Of Pity，直譯應為「當心憐憫」，就中文來說，似乎不大像書名，我擅改為「同情的罪」，實在也非常不妥，一時想不出合適的，只好暫用。這書一再迻譯，也許早已把原作弄得面目全非，用什麼名字都無大關係了。如果讀者不棄，還認為可讀，那完全是作者的功力深厚。我常說美酒即使只剩下糟粕，也還是有著劣酒所無的芳香。但願拋磚真能引玉，將來有研讀德文的名家，從原文譯些褚威格的作品給大家讀讀，那將是我和讀者共同期望的。

同情的罪

整個事件都是由於我一時錯誤引起的，完全是一種無知的愚蠢，一個所謂「冒失」的舉動，而事後又一心想加補救，但是匆忙之中，你去把一隻拆開的鐘錶復原，往往總是做不好。就是若干年後的今天，我仍不能確定我的罪過是從何時開始的，恐怕以後我也永遠不會知道。

那時我廿五歲，是禁衛軍某部隊的上尉。這並不是說我一向喜歡當軍人，願意以此為終身職業。試想一個奧國公務員家中，有著四個日漸長大的男孩和兩個女孩，維持餬口的生活已不容易，為了減輕家庭負擔，只有早早地送他們出去就業，那裡還會為他們的志向操心。我的哥哥在小學時代就很用功，視力受了損傷，被送進神學院去準備當牧師，我因為體格健壯就入了軍校。生活的路線從此將機械式地伸展，不必再費任何心思，一切由國家照顧，幾年之後，一個蒼白瘦削的少年，就可訓練成一位依照規定留著茸茸小鬍子的軍官，派到軍隊去服務了。照例是在國王壽辰，軍校舉行結業式。我畢業的時候還不滿十八歲，但不久領子上便有了一顆星，這表示我已踏上第一段路程，以後將一段又一段地進展，直到得了風痛症或領

了退休金為止。

至於我為什麼選擇了最時髦最奢華的騎兵隊，那也不是由於個人的意思，而是為了黛塞伯母的奇想。她是在我伯父辭去財政部的官職，就任了更好的銀行總經理職位時，嫁給他作繼室的，因為曾經一度富貴，她便認為家族中碰巧和伯父同名的人，如果寒傖地在步兵團服務，那是難以忍受的有玷家聲，並且為了放縱她的狂妄，曾每月給我一百法郎的津貼，我當然為了表示感謝，凡事也就順從她的意思。至於進入騎兵隊是不是自己的志趣，等到完全入伍之後，誰也不再注意，我尤其漠不關心，每逢騎在馬上就覺得好玩，我的思想從未超越到馬背之外。

我這故事是在一九一三年十一月開始的。我們的中隊奉命從傑露斯拉調到和匈牙利交界處的一個小城裡。上面那個名字我記的不知是否正確，因為對於一個初入伍的人，是分不大清那些駐紮地的區別的。這一個營地和別的那些一般，有同樣的營房，包括著倉庫、騎校、操場、食堂，另外有三家旅館，兩家咖啡館，一家飲食店，一家酒吧，一家凌亂的音樂廳，兩旁坐著些最會分辨誰是正規軍誰是志願軍的年華老大的舞女。無論那個地方，軍隊的生活總是忙碌空虛而又單調；每小時每小時地去遵循那些硬性而古老的規定，連個人的休閒生活也都沒有多大變化。在食堂

裡看同樣的面孔，聽同樣的談話；在咖啡館裡玩同樣的紙牌，打同樣的彈子。只有好心的上帝不憚煩勞，還給這略有六七百戶人家的小城，安排了不同的天空背景，不同的村野景色，這簡直使人有點驚訝。

實在說起來，我這個新營地的確比以前的有一方便之處，那就是靠近火車站。這條鐵路線一頭到維也納，另外一頭到布達佩斯。無論誰只要有錢，（這騎兵隊裡有的是富家子弟）遇到假日，就可以搭五點的火車到維也納，然後坐兩點半的夜車回來，這段時間足夠看一場戲，逛一趟街，跳一次舞，或是找一個調情機會。有的人為了方便，甚至租了度假的房屋。不幸這些享受都是遠超出我那每月津貼之外的，我的娛樂是只限於咖啡館和飲食店兩個地方，並且因為玩牌輸贏太大，我總是去打彈子或下棋。

所以有一天下午——那好像是一九一四年五月中旬——我正同當地的一位藥劑師和代理市長坐在飲食店裡（市長是常常帶我來下棋的），我們剛下完了通常的三盤棋，正在閒談休息，並且那閒談也像煙蒂似的快到盡頭了。這時，店門忽然打開，進來一陣大裙子掀起的微風和一位漂亮少女。褐色的杏眼，微黑的皮膚，華貴的服裝，一點不像本地人，在這荒涼寂寞的地方竟出現了新面孔！但是，天呀，這

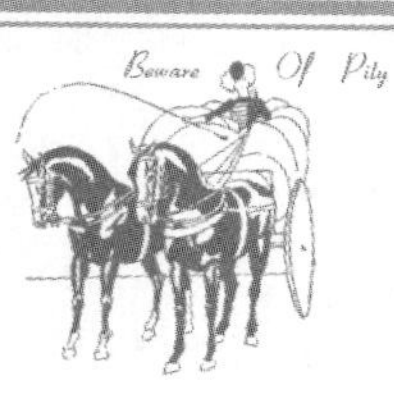

位優雅的女神，對於一齊驚望著她在讚美的我們，連望也沒望一眼，踏著堅定的步子，輕盈敏捷地穿過九張舖著大理石桌面的餐桌，一直到了櫃臺上，成打地訂了些糕餅點心和飲料。這時我又為那老板對她畢恭畢敬的態度大吃一驚，我從來沒見他背上的衣縫綳開得這麼厲害過，還有那位豐腴得有點肥胖的老板娘，也從櫃臺後面的椅子上連忙起身，像要跌倒似的彎腰行禮，她一向對待我們這些軍官，態度是非常隨便的，因為我們總愛欠帳，到月底發薪才付款。當老板把那女郎的吩咐一一寫在本子上的時候，她一面說話一面漫不經心地嚼著巧克力，至於我們——引頸以待的我們呢？那是不值得她眨動一下睫毛的。不用說，這女郎玉手上是連一個錢包的負擔都沒有，同時她也根本沒有想到還要付款，不像通常我們習慣的那樣。而那老板卻連聲的說著準時送到無誤，這使我們大家立刻明白了，來的是位不尋常的顯赫主顧呢。

她吩咐完了，轉身要走的時候，老板趕快跑上前去替她開門。當她經過我們身邊時，我那位藥劑師朋友也起身深深鞠躬。她優雅莊嚴地點頭作答——一對怎樣深褐色的眼睛呀！她一走出去，我便迫不及待地向著我那同伴問，鴨塘中那裡來的這隻天鵝？

「你是說，你不認識她嗎？她是柯克斯夫的姪女。你一定知道柯克斯夫吧？」柯克斯夫——他說出這個名字來，好像那是張一千庫郎的支票似的，在盯著我等待那必然的回聲：「柯克斯夫，呵，當然知道。」但我這個新入伍的人，剛調防到這新地方，對於這位赫赫名人卻一無所知，只有向他更進一步請教著，於是他源源本本講了起來。

他告訴我說，柯克斯夫是這附近一帶最大的富翁。他不僅是柯克斯夫邑地的主人，實在說起來，這一帶樣樣東西都是屬於他的。「你該知道那座房子吧？從這操場就能望得見的，就是公路左邊有平塔和大園子的那座黃房子。」他說，還有R公路上的大糖廠，M公路上的鋸木工廠和畜馬牧場，都是他的，在維也納和布達佩斯兩處都有佔了六七個街口的房屋。「你簡直難以相信在這附近會有這樣的大富翁。不用說，他的生活過得像個王公貴族一般。冬天他住在維也納的宮堡裡，夏天有好幾處海濱別墅。這裡的房子，只在春天啟用幾個月。啊，你簡直無法想像他那生活方式，維也納的樂隊，法國的香檳，每一樣東西都是拔尖最好的。」他說完之後，又無限得意地附帶加上一句，說我如果有意，他可以給我介紹，因為他和柯克斯夫很熟，過去常有業務交往，知道他一向歡迎軍官到他那裡作客，只要他說一聲，我

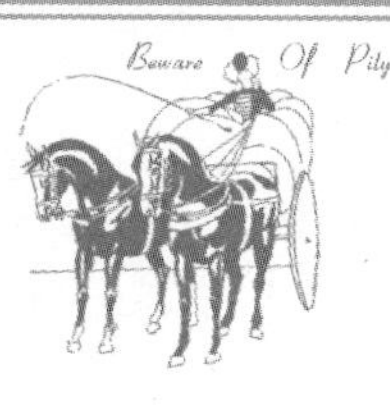

就會收到請帖的。

對於一個在駐軍小城內悶得要死的人，這還不好嗎？現在我在舞會上已認識了所有的女人，知道了她們的夏天帽子和冬天帽子，日常服裝和出客服裝，她們總是一個樣子。我也知道了她們的愛犬，她們的女僕，她們的孩子。一次又一次地遇見她們，已不知多少次了。我已知道了食堂廚師的全部手藝，旅館裡永遠不變的菜單，也漸漸使人倒了胃口。我在心裡已記住了每個人名，每個招牌，每條街的每個特點，每座大廈的每間店舖，每間店舖的每個櫥窗。現在我甚至像那茶房頭一樣準確地知道官大人什麼時刻光臨這咖啡館，總是四點半一敲過，他就坐在窗子左邊的角落上，叫一杯咖啡，這時那公證人也照例遲十分鐘跟著到來，叫一杯茶加檸檬，坐下來講一些老笑話。天呵，一個人已經知道了每張面孔，每套制服，每匹馬，每條河流，每個乞丐，甚至自己本身的每一點都知道得透透徹徹了，為什麼不擺脫一下這種呆板生活呢？並且還有那漂亮女郎的深褐色眼睛！於是我便在這位神氣活現的人物面前，竭力隱藏著我的興奮，故作平淡地說，想來能和柯克斯夫家交遊一定很不錯的。

這位豪邁的藥劑師居然沒有失信，兩天之後，滿臉得意地遞給我一張請帖，上

面整整齊齊地印著我的名字。裡面是印著「下星期三晚八時，節樽候教，恭請光臨。柯克斯夫謹訂。」一個人只要不是貧民窟出身的，都知道參加這種社交應有的禮貌，因此在星期天早晨，我鄭重其事地打扮起來——雪白的手套，上等的皮鞋，新刮過的面頰，鬍子上還塗了一滴香水——坐車出城先去作拜訪。那位制服畢挺恭敬有禮的老僕人，接過我的名片，喃喃道歉著說，主人一定要抱歉不安之至的，因為他們全家都到教堂去了，其實我心中暗想，這樣倒好。

初次的拜訪，不論公私，都總是有點令人難受的，反正禮貌做到就行，這樣，星期三就可以來赴宴，大大享受一番了。現在一切就緒，只等星期三晚間的到來。想不到兩天之後，便又來了一次驚喜，就是星期二的時候，我竟在軍營裡看到一張柯克斯夫來回拜留給我的名片。心想這些有錢人的禮貌真太周到了，竟在兩天之內來回拜我這個小軍官，就是一位元帥又能希望什麼更大的敬意和禮貌呢？這時我對於那星期三的晚上，更充滿歡欣地在期待著了。可是好事多磨，命運從開始便在捉弄我——看來一個人實在應該迷信點，注意一下預兆才好。

星期三晚上七點半的時候，我剛打扮起來——新軍服、新手套、新皮鞋，褲摺燙得像刀刃一般，我的勤務兵正在替我整理上衣的摺縫，對我做最後的端詳，（我

總要他為我這樣做，因為我那光線很壞的房裡只有一面小鏡子。）這時忽然來了敲門的聲音。原來是傳達命令，說值日官（我的一位好朋友）叫我趕快到他守衛室去。有兩個兵，因酒醉吵架，結果竟開槍傷了人，受傷的人流血不止，已張著嘴失去知覺，不知頭骨碎了沒有。軍醫剛好休假到維也納去了，團長也找不到，所以急忙中想起我來，叫我趕快去幫他一下。我這時應該做的事是記下證據，傳佈命令到各處，趕快找一個民間醫生來。可是差一刻就到八點了，看來在一刻鐘或半點鐘內我是絕對無法脫身的。真該死，這倒霉的事故，為什麼偏偏發生在今天，今天我要出去作客的時候？我越來越焦急地去看錶，再遲延五分鐘就不能準時到達了。但職務要緊，私事只能放在後面，總之我是不能走開的。在這種情況下，我唯一可做的就是叫勤務兵坐車去請他們原諒我的遲到，說因為臨時遇到意外事件等等。好在這種騷擾在軍營中是不會拖延太久的，團長已帶著一位不知從那裡找來的醫生出現，我可以溜走了。

但是還有更倒霉的事，今天這地方竟一輛馬車都沒有，必須耐心等著，打電話去叫。等我到了那裡，踏進前廳門口的時候，那牆上的鐘，分針正直垂著，整整八點半。我看見那衣帽間已掛滿了外套，同時看出那僕人臉上惶惑表情，知道我到得

太晚了——在一個初次來的客人身上竟有這種事情，實在不應該，非常的不應該。然而這位穿著燕尾服戴著白手套的僕人，還是安慰我說，半小時前勤務兵送信來過了，一面說一面把我引進客廳。那客廳有四個大窗戶，掛著紅色絲織窗帘，配著那燦爛輝煌的水晶大吊燈，真是優雅高貴，我從未見過比這更華美的室內佈置。但是，天哪！進來之後，我卻發覺完全被人遺棄了，因為從隔壁餐廳傳來食具的愉快聲響，他們已經就席入座了。

無論如何，我還是要振作起來才行，這時僕人已拉開了通餐廳的門，我只好走了進去，立正鞠躬。大家一齊抬頭望著，十對、二十對的眼睛，而且全是生人的眼睛，一齊注視我這位本來就有點緊張而現在完全僵住在門口的遲到者。一位年老的紳士（不用說就是這家的主人），趕快起身伸著歡迎的手向我走來。他一點也不像我想像中的樣子，這位柯克斯夫先生不像一般鄉下紳士那樣養得肥肥胖胖，圓面孔上留著捲翹的鬍子。他在那金邊眼鏡後面有一對垂著眼囊的倦眼，肩膀有點傾斜，聲音有點低啞，像正在傷風咳嗽。看了他那瘦長文弱的身軀和下顎上的稀疏鬍鬚，誰都會以為他是學者之流的人物。這位老先生的親切和藹非比尋常地使人安心，他打斷了我的道歉，說應該道歉的是他，又說他很了解軍隊生活，覺得我太周到了，

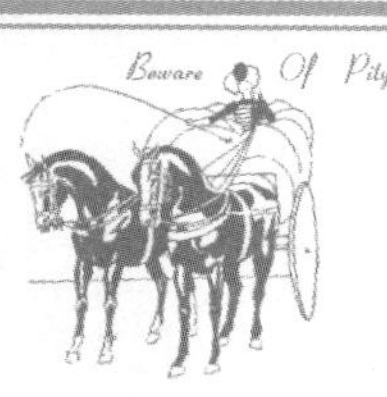

還要派人來送信，因為他不知道我什麼時候能脫身前來，所以他們就先開始吃了，現在趕快入席，別再遲延了，等會再把我介紹給大家。不過，他說，先要領我到餐桌那頭見見他的女兒。一位像他一樣的文弱蒼白秀麗的十幾歲大的女孩，停住了和別人的談話，抬起一對灰眼睛害羞地望著我。我只望了她那瘦削敏感的樣子一眼，便低頭行禮走開，隨即去向我座位兩旁的客人左右地招呼著。他們顯然都很高興主人沒做正式介紹，免去了放下刀叉起立的痲煩。

開頭兩三分鐘我仍覺侷促不安，因為沒有一個軍人，沒有一個熟人，甚至連一個本地人都沒有，全是從未見過的生面孔。這些客人似乎大部分是附近的地主和他們的妻子兒女。到處是禮服，除了我，沒有一個穿軍服的。天哪！我這麼一個拙笨靦覥的人怎樣去和那麼多生人交談呢？幸而我的位子排得很好，旁邊正是那位褐眼高傲的漂亮姪女，她總算表現得很友善，好像還記得我在飲食店內的注視讚美，老朋友似的對我微笑著。她的眼珠很像兩粒咖啡豆，她的笑聲也有點像炒豆子的爆響。露著兩隻光滑柔軟的手臂，如果能去觸摸一下，大概會像熟透的桃子似的。

坐在這麼漂亮的女郎身旁實在愉快得很，並且她說話帶著柔軟的匈牙利口音，這簡直使我有點著迷了。能在這麼輝煌的房間裡，這麼華麗的餐桌上吃飯，真是太

好了。背後站著僕役，面前擺滿食品，我左手的鄰座，她說話有時帶點波蘭語調，顯得有點重濁，但我也覺得很好聽。這也許都是那酒的關係，那戴著白手套的僕人不停地從銀瓶內斟倒著金黃的血紅的葡萄酒和閃閃發光的香檳。的確，我那藥劑師朋友一點也沒誇張，他生活得像個王子。我從未吃過這麼好的食物，也從未夢想過一個人會吃到這麼精美這麼名貴的食物。罕見的珍品一道又一道地端上來，淡藍色的魚上面堆著翠綠的萵苣，四周圍著通紅的龍蝦片，油黃的肥雞趴在雪白的米飯上，布丁上面頂著冰球下面又燃燒著麥酒的火焰。還有那些又香又甜的水果，一定都是繞了半個地球才集合在那銀籃子裡的，而且，一切都是無窮無盡地供應，最後是彩虹一般的酒，綠的、紅的、黃的、白的，應有盡有，還有粗大的雪茄，噴香的咖啡。

這是一座華廈，一座魔宮——真要千謝萬謝我那位藥劑師朋友！這麼一個有聲有色的歡樂夜晚！我覺得非常輕鬆自在，不知是否由於別人那種眼睛發亮，聲音提高，藉著酒興無所不談的歡樂氣氛所感染，我竟也擺脫了一向的拘泥，向左右兩位美麗女伴大獻殷勤，一面喝酒一面說笑，並且肆無忌憚地注視，有意無意地輕觸著那位美麗姪女伊蘿娜的赤裸光滑的胳膊。她似乎並不見怪，她也和這宴席上其他的

人一樣，無拘無束，談笑風生。

總之，都是因為那些不尋常的好酒的緣故，漸漸地我覺得周身輕鬆愉快，整個人變得飄飄然了，可是心裡，微覺遺憾，彷彿還缺少點什麼，不能完成我的讚美，不能達到忘我的境界。但這下意識中所渴望的到底是什麼呢？一個僕人悄悄地開門出去的時候，忽然傳來一陣輕柔的音樂，那是兩支小提琴一支低音大提琴配著鋼琴伴奏的華爾滋曲，從客廳隔壁房內隱約傳來。音樂，呵！音樂，這正是我所渴望的，只有音樂，華爾滋的音樂，可以使人翩然飛翔，達到輕鬆的極致！這柯克斯夫別墅一定是座魔宮，人的願望一想就會實現。這時，大家都起身離席，把椅子推開，一對一對地挽起手來——我把手臂抬向伊蘿娜的時候，又接觸到她那光滑微涼的皮膚——走回客廳裡面，原來那些桌子像變魔術似的不見了，所有的椅子都靠牆擺了一圈，那碎木拼花地板像一面褐色光亮的鏡子，成了最理想的華爾滋舞池，躲在隔壁演奏的樂隊一再傳出誘人的音樂，催我們起舞。

我轉向伊蘿娜，她解意地微笑著，用眼睛說著「好」；我們立刻便旋轉起來，接著兩對三對五對都踏上這光滑的舞池，比較沉著和比較年老的便在旁觀閒談。我喜歡跳舞，因為我是個跳舞能手。我們緊貼著身體，一致地滑行，我從來不曾跳得

比這次更好過。下一支舞曲，我又請另外那位鄰座來跳，她也跳得非常之好，並且一低頭便聞到她的髮香，更加使人陶醉。我好多年沒有這樣快樂過了。我幾乎不知身在何處，真想去擁抱所有的人，去對他們說點好聽的話，對每個人都表示點謝意，我覺得自己是那麼輕鬆，那麼熱情，那麼青春年少！我從這一位的身邊，轉到那一位的身邊，談著，笑著，跳著，在自己的快樂溪流裡漂浮著，完全忘記了時間這回事。

但是，不知怎麼猛一抬頭望見了牆上的鐘，十點半了，這才驚覺自己在這裡跳舞談笑，已將近一小時之久，我這傻瓜，竟還不曾請主人的女兒共舞過。我只和鄰座以及別的兩三位引起我注意的女客跳，竟完全忘了這主人家的女孩！這是多麼粗野無禮！趕快補救還來得及！

但是，使我大為惶恐的是已記不清那女孩是什麼樣子了。我只在她坐在飯桌上的時候，對她行過一下禮，她留給我的印象就是有點嬌弱的樣子和灰眼睛裡流露出的奇異眼神。她到哪裡去了呢？她是這家的小姐總不能走開到哪裡去吧？我衷心不安地望著那些靠牆坐著的太太小姐們，竟沒有一個像她的。最後我走進隔壁樂隊在一座中國屏風後面演奏的那一間屋裡，這才輕鬆地透了一口氣，原來她在那裡——

一點也不錯，是她！嬌弱細高的身材，穿著一件淡藍長袍，和兩位上了年紀的婦人坐在屋角上一張綠孔雀石面的桌子後面，桌子上擺著一瓶花。她那秀麗的小頭向前傾俯著，好像正全神貫注地在聽那音樂，因為那瓶內玫瑰花的紅艷，才吸引了我對她那濃髮下透明似的蒼白額頭的注意，但我不願多加端詳，暗暗地嘆了口氣，心想總算把她找到了，趕快去補救我的怠慢，還不太遲。

音樂正在起勁地演奏，我走到桌前做了個邀舞姿勢，深深一鞠躬。她抬起眼來吃驚地望著我，微張著嘴像在說什麼話，但一點也沒有應邀起身的動作，難道她不懂我的意思嗎？於是我又一鞠躬，同時說著：「小姐，您肯和我跳這支舞嗎？」

這時的情形太可怕了。那本來向前微俯的頭肩，忽然拼命向後仰著，好像在閃躲一個突然而來的打擊，蒼白的面頰一下子變成通紅，剛才微張的嘴唇緊緊地閉起，只有那對眼睛帶著我從未遇見過的可怕神情還在瞪著我望，接著是一陣戰慄通過她的全身。她用兩手支撐著，把整個身體的重量壓到桌子上去，使得那桌上的花瓶都震動起來，同時那椅子上不知什麼東西也震落到地上了。她繼續抓著那搖晃的桌面，自己全身也在顫抖，但她並沒有跑開，只是越來越激動地拼命抓著那沉重的石頭桌面，抖了又抖，最後忽然爆發成失聲的痛哭，像一條崩潰的河流似的，一發

不可收拾。

這時那兩位上年紀的婦人緊偎到那發抖的女孩身旁，擁抱著，撫慰著，輕輕地使她鬆開那緊握的雙手。她倒進椅子裡，繼續哭著，越哭越傷心，一陣一陣地抽搐著。如果那屏風後面的音樂停止一下的話，這哭聲一定會立刻傳到那些跳舞的人們耳中。

我驚愕地站在那裡，完全像個傻子似的。怎麼啦——到底是怎麼啦？我呆呆地望著那兩位上年紀的婦人在撫慰那女孩，她這時像由痛苦轉變成了羞愧，把頭埋到桌子上哭泣著，那瘦弱的肩頭不停地抽動，瓶裡的花也隨著在搖晃。我像生了根似的呆立在那裡，只覺四肢發冷，而衣領又像根火繩一般綑得我透不出氣來。

「請原諒。」最後我向著空中喃喃地這樣說了一聲，那兩位婦人只顧安慰那女孩，望也沒望我一眼，我就這樣退了出去，頭昏腦脹地回到了客廳。客廳裡的人誰也沒注意到隔壁的事情，一對對的舞伴正在旋轉不已，但我覺得非扶住門框不可，因為整個房間在圍著我旋轉。這是怎麼回事？我做錯了什麼？天呵，一定是吃飯的時候，酒喝得太多太快了，所以現在醉後失態，出了毛病。

音樂停了，舞伴分散，當一位男賓鞠躬鬆開伊蘿娜的手時，我立刻跑上前去把

她拉到一旁說：「請幫幫我的忙，看在上帝面上，給我解釋一下吧。」

很顯然的，伊蘿娜以為我拉她到窗口是要說什麼甜言蜜語的，現在聽了我的話，忽然板起臉孔來，想來我那樣子一定也是很可憐很可怕的。我心跳氣急地把剛才的經過告訴了她。奇怪，她也像隔壁房裡那女孩一樣，用驚嚇的眼光直瞪著我。

「你瘋了？你竟不知道？竟沒看見？」

「沒有，」我被這又一次意外而同樣可怕的神態嚇得嚅嚅地說：「看見什麼？我什麼都不知道，我是初次來這裡。」

「你一定注意到的，薏迪……跛腳……，難道你沒看見她那殘廢的腿？她連走路都不能沒有拐杖，你……你竟……」她強忍住一個無禮的字眼，改口說，「你竟去請這可憐的孩子跳舞……呵，太可怕了，我要趕快去看看她……」

「不，」我沮喪地拉住她說：「等一等，等一等……你一定要替我道歉。我實在不知道……我只在飯桌上看見她一下，僅僅一會兒……請務必向她解釋……」

但是伊蘿娜滿眼怒意，急忙抽身向著隔壁走去了。我的喉嚨作痛，口也發乾，站在客廳的門口，忽然覺得那些歡樂的笑語，成了難以忍受的喧嚷，並且心裡在想：再過五分鐘，他們就都要知道我鬧的大錯了。再隔五分鐘，那些責備的譏笑的

指點的眼光，就要四面八方向著我投來；明天我這冒失舉動就要成為全城的閒談資料，七嘴八舌的傳說，將隨著清晨的牛奶散布到每家的門口，然後從僕人的轉述再傳到咖啡廳、辦公室。明天整個部隊都會知道這事了。

這時我忽然像隔著霧似的望見了那女孩的父親。那樣子有點鬱鬱不歡……難道他已經知道了？他正穿過房間，是向著我走來嗎？不行，我現在絕不能見他！我忽然覺得說不出的怕他，怕所有的他們！自己也不知怎麼地便推門走向前廳，並且離開了這地獄般的房子。

「上尉要回去了嗎？」那吃驚的僕人恭敬地問著。

「是的。」我痛苦地回答著。我當真願意離開嗎？並且當他把外套給我取來的那一刻，我忽然覺悟，這種偷偷溜走又是犯了一樁新的錯失。但現在後悔已遲，總不能再把外套遞給他，重回客廳，他已經鞠躬送客打開了大門。於是我發覺自己站在那陌生可恨的房子前面，冷風撲面，而我的心卻羞愧得在發燒，同時像要窒息似的在喘氣。

這就是引出下面整個故事的錯誤開端。

現在事隔多年，心情早已冷靜，回想起這成為一連串不幸事故開端的簡單事

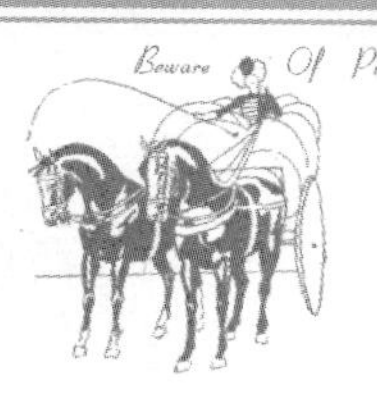

件，實在不過是一種無心之錯，即使是最聰明最有禮的人也難免會誤犯請一位跛腳女孩跳舞的過失。但在當時驚慌之中，我卻把自己想成罪大惡極的人，覺得好像用鞭子抽打了一個無辜的孩子。其實只要鎮靜一點，一切都會平復；而我把事情弄成一團糟，完全是由於不試著去道歉，而竟慌張失措，像逃犯似的不告而別。這是我一出大門便立刻明白過來的。

我簡直無法形容當時站在那房子外面的心情。那燈光輝煌的窗子後面，音樂停止了演奏，本來是照例的休息，而在我這有犯罪感的心中，卻想像成因我而結束了跳舞，覺得他們一定都湧到隔壁房內去安慰那女孩了，所有的賓客，不分男女，一定是都在詈罵那個故意請跛腳的女孩跳舞然後狡猾溜走的無賴了。明天——一想到明天，我覺得帽簷下立刻冒出冷汗來——明天我的醜事將傳遍全城。可以想像得出我那些同事將怎樣走上來嘖嘖地說：「喂，好傢伙，真做得妙呵！第一次出去就丟盡全部隊的臉。」這種憤怒和譏笑將在軍官食堂內持續幾月之久；在我們的餐桌上，如果誰做了點錯事，或鬧了點笑話，都會被嚼舌十年二十年，直到把一次魯莽說成不朽，把一句笑話說成化石，才算完結。誰在他們面前出過一次醜，誰就要永遠抬不起頭來。他們沒有淡忘，也沒有寬恕。我越想越怕，在這時，真覺開槍自殺

一百次也比在那疑懼痛苦中過幾小時容易點。

那天晚上我怎樣回到家中的，已記不清楚，只記得為了解除口中的乾渴和心中的恐懼，一進門便到碗櫥裡取出一瓶留著待客的酒來，一口氣灌下了半瓶。然後和衣倒在床上，竭力去想明天怎麼辦？就像花草在暖房裡特別長得快一樣，想像在暗地裡也特別來得多。種種奇思怪想都一湧而出，擠滿了我那昏熱的頭。睡意來了的時候，也只能朦朧一會，接著又驚醒來，好像睡夢中也在繼續想著我的羞愧，一睜眼便像看見那張驚怒的稚氣面孔，那微張著在扭動的嘴唇，那拼命抓著桌沿的雙手，並且像又聽見那有東西跌落的聲音，現在我明白了，那一定是她的拐杖。越想越覺可怕，好像房門將會忽然打開，走進那位穿著黑禮服戴著金絲眼鏡的女孩父親，一直走向我的床前來。我嚇得一驚而起，走到鏡子前面照了照自己的樣子，對那滿頭冷汗滿臉驚恐傻子似的鏡中影像，真想狠狠給他一拳。

好在這時天已大亮，外面走廊上有了腳步聲，樓下石頭路上也有了車輛聲。白晝的光亮從窗口射進後，人的頭腦比較清醒，心情也比較開朗，自己安慰自己說，事情也許並沒糟到那種地步，也許根本沒有人注意。

只有那可憐的跛腳女孩當然是永不會忘記，永不會原諒的。這時心中忽然有一

個寬解的念頭閃過，趕快梳了梳頭髮，穿上制服便向外跑去，驚呆了的勤務兵直在後面喊著：「上尉，上尉，咖啡已經預備好了。」

我飛奔地跑出營地，到了街上，直向著一家花店跑去。急忙中我完全忘了店舖不會在清晨五時半開門，好在這家花店兼賣菜蔬，一輛運馬鈴薯的車子正在門口卸貨。我聽見裡面有人下樓的聲音，立刻就敲起窗子來。匆忙地說了聲對不起，便告訴那店主人，今天是我的一位好友的生日，昨天竟完全忘了，現在部隊就要出去操練騎術，所以我要訂些花立刻送去，趕快，把最好的花拿出來！那位穿著睡衣拖鞋的女店主開了門，便把她的最好貨色一大捧長枝紅玫瑰向我炫示著。問我要買多少？我回答說全要。又問要細成一束還是放在籃子裡？我說：好，放在籃子裡。這豪華的購買，記帳到月底付錢。月底不是取消上咖啡廳到飲食店，便要設法借錢才行。但此刻我毫不在意，反而很高興，因為總算能為我的過失付出一點代價，做為自我懲罰了。

所以現在一切都好了，最可愛的玫瑰，最好看的花籃，而且立刻就送去。可是我回頭走了的時候，那女店主又從後面跑著追上來問，「這些花是送到什麼地方，給什麼人呢？上尉，您怎麼不吩咐一聲就走了？」呵，匆忙中我竟什麼都忘了，又

在鬧錯誤。於是我對她說，「送到柯克斯夫別墅，給薏迪小姐。」這要多謝伊蘿娜的驚呼，才使我記住了那女孩的名字。

「噢，柯克斯夫呀，」那女店主得意地說，「那是我們的老主顧。」

我走出花店，又忽然想起，要不要附上幾個字呢？呵，一定要寫，至少要寫上贈送者的名字，否則她怎麼知道是誰送的呢？

於是我又走回花店，拿了一張卡片，在上面寫著「敬請寬恕」，不，這不行。這簡直是加倍又加倍的愚蠢，為什麼要重提我的錯誤使她難堪呢？但另外又有什麼好寫？寫「敬致歉意」嗎？不，也不可以，她會以為我在可憐她。最好還是不寫，什麼也不寫。

「送花的時候，放一張我的名片，只放一張名片就行。」

現在我覺得舒服了。趕快回營去喝咖啡做早操，比起平常來只稍微有點心不在焉的樣子，並沒有引起任何人的注意，因為在軍營中早晨值勤的軍官有點失常是很普通的事，那些從維也納深夜歸來的人們，早操時常常眼睛都睜不開，開步走的當兒都會打瞌睡的。實在說來，這時候讓我來喊口令，騎馬指揮，倒正合適，可以用這些軍事行動暫時擊退我的煩惱。不過，那不快的記憶還是停留在頭裡在跳動，喉

嚨裡也像塞著塊苦辣的海棉。中午，我正要走進食堂的時候，勤務兵從後面跑來，手裡拿著一封信，氣吁吁地叫著；「上尉，上尉。」那是一個淡藍色帶香味的英國製優雅信封，上面寫著女人的秀麗字跡，我急忙拆開讀著：「親愛的上尉，非常感謝您的厚贈，那些可愛的玫瑰使我歡喜之至。隨便那天下午，只要您有空，請到舍下來一同吃茶，用不著事先通知，我是——唉——永遠在家的。——薏迪。」

看了這清秀的字體，我不由得想起那緊抓著桌沿的兩手是多麼纖細，那蒼白的面孔怎麼突然漲紅，又把這信上的幾句話念了一遍、兩遍、三遍，然後輕鬆的嘆了口氣。看她多麼平淡地帶過了我的錯失，多麼巧妙地暗指著她的殘疾！「我是——唉——永遠在家的。」還有什麼是更好的原諒？沒有絲毫怨恨，一下子便把我心上的重負卸除了，就像一位等著判無期徒刑的囚犯，忽然聽見法官宣佈了「無罪釋放」。我一定要趕快去謝謝她。這天是星期四——我最好到星期天去拜訪。不，還是星期六好點。

但我沒有依照決定去做。我迫不及待地想證實我的過失已得到諒解，想把那人言可畏的疑慮情況快點結束。為了恐怕別人會提起我那晚的不幸，我至今還是不敢到咖啡廳之類的公共場所。

萬一有人問我：「那晚在柯克斯夫家鬧的事，怎樣了？」我要是能坦然自若地回答說：「他們人好極了，昨晚我和他們一塊吃飯的。」那麼就可以堵住每一個人的嘴，什麼事也沒有了。星期五我和兩位朋友在散步的時候，這念頭越來越強烈，覺得非當天就去不可，終於不加解說地便離開了那兩位微感詫異的朋友。

到柯克斯夫去的路不算太遠，如果走快點，只要半個鐘頭就可以了。開始五分鐘是穿過鎮市，隨後就轉到公路上，那是我們出操也常經過的，在這條熟悉道路的中途有一座小教堂，從那裡沿著一條栗樹林蔭小徑向左走，不久便進入一條很少車輛往來的私家路徑，路旁有一條小溪潺潺地緩流著。

但是非常奇怪，當那宅子的白牆鐵門隱約在望的時候，我的勇氣忽然隨著腳步的前進急劇地降落著，就像到了牙醫的門口，按鈴之前總想藉故引退一樣，現在我也是直想趁還來得及，趕快逃走。為什麼一定要今天來？由那女孩一封信就轉變了的局面，我是否還應該考慮一下？這樣一想，我的腳步不知不覺地遲緩下來，好在這時抽身回頭還來得及。一個人勇往直前，將達目的地時，常常喜歡遲疑迂迴一下。我這時心裡想著先在房子外面繞一圈看看再說，於是穿過一個搖動的小木橋，便離開大路走到田埂上去了。

那是一所圍著石頭高牆的舊式大廈，漆成米黃色，配著綠的百葉窗，隔著庭園的邊上還有些小房，那一定是帳房、下房、馬廄什麼的。這些在那天晚上我都不曾看見。現在從外面遙望過去，實在並沒有我在裡面時所想的那麼摩登豪華，不過是一所很普通的貴族鄉間別墅。唯一引人注意的是有一個奇異的平頂方塔，頗不調和的高聳在空中——這也許是模仿什麼古代建築物。我記得以前在操場上常看見，總以為是鄉下的教堂什麼的——現在才注意到它沒有塔尖，構造很特別，竟像個陽臺或瞭望臺似的。可是我越發覺它的古老封建的氣息，就越感到不愉快，因為在這樣的宅第裡，一定凡事都講規矩禮貌，而我偏偏第一次去作客就鬧了那樣愚蠢的笑話。

我終於繞了一圈，從另一方向又到了那大門前面，鼓著勇氣舉起那代替門鈴的沉重鐵環，不一會僕人出來了。他似乎一點也不驚訝我的唐突來訪，連我拿在手裡的名片都不接，便請我進客廳稍候，說小姐們就要出來了，好像她們一定會接見我是毫無問題的。我也便像個被期待的客人似的走進那熟悉的客廳，可是進去之後，一望見那通向隔壁的門扇，又喚醒了痛苦不安的記憶，嘴裡立刻覺得苦澀不堪。

最初，那門是靜靜地關閉著，不一會便聽見裡面有椅子挪動的聲音，幾個人往

來奔走低聲悄語的聲音。我為了打發這等候的時間，便留意觀望著這客廳的佈置。那全是路易式的華美家具，珍貴的壁氈，法國式的落地窗面對著花園，牆上掛著古老的名畫，雖然我在這方面知識很貧乏，也一望而知是名貴的藝術品。但實在說，我卻一張也沒細看，因為隔壁的聲音已吸引了我全部注意力。我聽見遠遠有開門聲，接著我一陣寒慄，彷彿聽到枴杖觸地的不規則的噠噠聲。

又過了一會，門無聲地打開，出現的是伊蘿娜，她含笑地向我走來。

「上尉，真歡迎你光臨。」說著便把我引進那間非常熟悉的房裡去了。仍舊是在那角落上，在那綠石桌後面，坐著那位跛腳女孩，膝上蓋著一張白毛毯，把腿完全遮蔽著，這顯然是為了使我不去想到「它」。薏迪友善地打量著我，微笑招呼。這重新開始的友誼，在這一刻，使我們彼此都很覺痛苦；但當她強自鎮靜，從桌面上伸手過來的時候，我立刻便知道她也仍在想著「它」。一時之間，誰也想不出話來打破這冰冷的沉默。

好在伊蘿娜很快地想出了話題。

「上尉，您喝什麼？茶還是咖啡？」

「呵，隨便什麼都行。」我回答說。

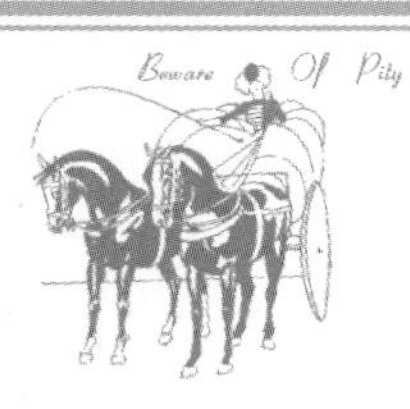

「不要客氣，請告訴我們，您喜歡什麼吧！反正什麼都是一樣的。」

「那麼，好，就給我咖啡吧。」我決定著這樣說，很高興我的聲音並沒有過於不自然。

伊蘿娜真是聰明，用這麼一個現實問題，就打破了初見的緊張局面！可是接著她便走出去吩咐事情，很快地使我和薏迪單獨相對，我又覺得她太粗心大意不為人設想了。我喉嚨梗塞著說不出話來，眼睛也不知望什麼地方才好。我不敢望她，怕她以為我在望她的毛毯，憐憫她的腿。好在她似乎比我鎮靜，用那種我初見她便感到的微帶激昂的神情，先開口說話了。

「上尉，您怎麼不坐？請拉過那靠椅來坐吧。還有，您的佩劍也取下來吧，我們是和平會談呢，對不對？就放在桌上或是窗台上……哪裡都行。」

我有點拘謹地拉過那椅子來坐下，仍然覺得不能坦然自若，但她這時毅然地為我幫忙破除著窘困。

「我真應該再謝謝您那些可愛的玫瑰花……太好了，你看插在那瓶子裡多好看！還有……還有……我應該為我的哭鬧向你道歉。我那樣子真是嚇人，夜裡越想越難過，一夜沒睡。你太好心了，怎麼想起送花的念頭的？其實，」她忽然不好意

思地笑了笑，「其實，那晚上你真的猜到了我內心的思想……我坐在那裡，就為了看那些跳舞的人……你走來請我跳舞的那一刻，我正渴望加入他們裡面，渴望得在出神……我一向是熱愛舞蹈，能看別人跳幾個鐘頭，從頭看到尾，在心裡感覺著他們的動作，好像我自己也在左旋右轉或前進後退，我自己在被人牽引，被人推拉……你也許想像不出一個人怎麼會癡到這樣……這也是因為我小時候是個跳舞能手，跳舞迷……直到現在仍然一做夢就是跳舞。你聽了覺得好笑吧，我竟在夢中跳舞，實在說，我這……我這……對於爸爸也許是件好事，不然的話，我一定離家出走變成一位舞孃了……再沒有什麼比跳舞更使我著迷的了。一個人的體態動作能每晚每晚地吸引著刺激著無數觀眾，那真太好了……太光彩了！……對啊，讓你看看我多著迷……我收集舞蹈的照片呢，有化裝的，也有便裝的。等一等，我拿給你看……就在那裡，就在那小盒子裡，……靠壁爐的那裡，那個中國小漆盒裡。」她的聲音忽然不耐煩起來，「不是，不是，是那些書的左邊……呵，看你多笨……噯，對啦，就是它。」我總算把小盒找到，拿給她了。「你看，這頭一張，是我最喜歡的，芭拉薇扮演的垂死天鵝……要是我能跟她……只要能看到她一次，我相信就會成為我一生最大的快樂！」

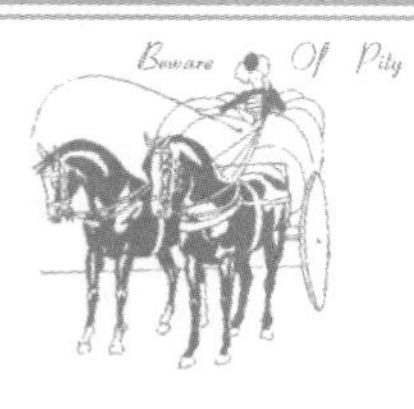

剛才伊蘿娜走出去的門又輕輕地開了，蕙迪像怕被人發覺什麼淘氣行為似的，急忙地把那小盒拍噠一聲關上，並且發命令一般地說：

「我對你講的話，在他們面前一個字也別提！」

開門的是那白髮老僕人，伊蘿娜推著一車食物和茶具走進來。她斟好了茶，和我們一塊坐下，這時我才稍覺鎮定。接著一隻大貓為我們提供很受歡迎的話題，牠無聲地跟著茶車進來之後，一直親密地在我腿邊繞來繞去。在我稱讚完了這貓，關於我的問題便四面八方地提出來，問我到這裡有多久了？喜歡這營地嗎？認識某某上尉嗎？常到維也納去嗎？這使我不知不覺地也加入了她們的輕鬆自然的談話，緊張的痛苦慢慢消失。後來我竟能對這兩個女孩子冷眼旁觀著，她們彼此一點也不相同：伊蘿娜已經是成熟的女人，豐滿、健壯、肉感，而她身旁的蕙迪是十七八歲半大不小的女孩，帶著病態的嬌弱。多麼奇妙的對照：一個是使人想同她跳舞、接吻，另一個使人想寵愛她，縱慣她，保護她，尤其是想撫慰她，她身上發出一種激動不安，幾乎沒有一刻是靜止的，一會左看，一會右看，一會向後仰著，好像疲憊不堪的樣子，一會又精神抖擻地挺身談著，並且聲音急促得連氣都透不過來。我在心裡暗想，她這種缺乏自制，這種急躁不安，大概是因為腿不能動而產生的奮發補

償，要不就是經常有熱度，使她的表情和聲音都增加了速度。

但我來不及仔細觀察，她那些不停的問話，不同的表情，似乎要把別人的所有注意力都集中在她的身上，並且使我大為驚訝的是我竟也真的對這生動活潑的談話發生了興趣。

這樣子談了有一小時，也許是一小時半。忽然有個人影悄悄走進客廳，好像唯恐驚擾了我們的樣子。原來那是柯克斯夫先生。

「請坐，請別動，」他看見我要起身行禮，趕快這樣說著，同時彎身在他女兒額頭上親吻著。他還是穿著黑外衣，老式襪子（以後我也沒見他穿過別的），他那從金邊眼鏡後面射出的目光，使他看起來又像個醫生，當他小心翼翼的在那跛腳女孩身旁坐下來時，好像他真的是病人床邊的醫生似的。很奇怪，自從他進來以後，這屋子裡更加重了憂鬱的氣氛，尤其是當他焦急而又溫柔地打量著他女兒，使我們的談話變得拘束起來的時候，不一會他也感到這點，竭力試圖把僵局打開，讓談話繼續進行，也向我問著軍隊裡的事。他好像對這方面非常熟悉，和每位長官都有交情似的。

又過了十分鐘，我正想應該告退了，忽然又有了敲門聲。那老僕人輕悄地進來

之後，在薏迪耳邊低聲報告著什麼，不知怎的，她竟立刻大發起脾氣來。

「告訴他等一等。啊，不，告訴他今天別來麻煩我，告訴他快滾出去，我用不著他。」

我們都被他這脾氣弄得惶惑起來，我甚至很覺歉疚，不該逗留得這麼久。但她對僕人發作完了，又同樣地轉向我說：

「不要走。沒有事，一點事也沒有！」

她那專橫的語調，簡直有點近乎粗魯了。她的父親也像感到很不舒服，但又無可奈何地只輕輕喝阻著：「薏迪！」

不知是因為看了她父親的窘迫，還是因為看見我不安地站起來了，她這才有點自覺失態，趕快冷靜地對我說：

「請原諒我，但約瑟夫也實在應該等一等，不該這麼急忙地來通報。這只是每天固定的苦刑——一位按摩師來給我治療。最無聊的動作，一、二，一、二，上、下，上、下，誰都可以給我做的。這是我們那位好醫生最新發明的治療，完全是多餘的受苦，像其他的方法一樣，沒用！」。

她責怪地望著她父親，好像說他應該負責。當著我的面，他顯然窘迫得不知如

何才好，俯身對他女兒說：

「不過，孩子……你當真認為康特醫生……？」

他的話沒說完便停住了，因為她的嘴唇開始在撇，鼻孔開始在動，就像那晚上我見過的一樣，真怕她又來一次放聲大哭，好在她一下子轉變成羞赧，低聲喃喃地說：

「那麼，好，我就去，雖然沒有意思，絕對沒有意思。上尉，真對不起，希望你不久會再來。」

我行禮告辭，正要轉身離去的時候，她又忽然改變了主意說：「不要走，我去那邊的時候，你陪陪爸爸。」說著便拿起桌上的小銅鈴搖著。（這時我才注意到，這房子裡到處放著這種小銅鈴，這樣她可以隨時隨地用來叫人。）鈴搖得很急很響，約瑟夫立刻又出現到她的面前。

「來幫幫我，」她一面吩咐一面掀開那白毛毯，伊蘿娜俯身對她說著什麼，但她斬釘截鐵地回答：「不要。約瑟夫扶我起來，我可以自己走去。」

這時的情景真是可怕。那老僕人用力抓住她那瘦弱的身軀，像提舉一般把她架起來，她兩手扶著椅子，毅然地直立著掃望了大家一眼，然後拿起那原來蓋在毛毯

下面的兩根拐杖，緊緊地閉起嘴唇，把身體搭在枴杖上——噠、噠、噠、噠——扭動著搖晃著一步一步地向前挪，同時約瑟夫在後面張開兩臂圍護著，防備她滑跤或是跌倒，她一步又一步地向前挪動，每一步的中間還夾雜著金屬和皮革的微響，不用說她兩腿都裝著支架，但我不敢去望。我的心隨著她的腳步在一陣陣地寒顫，因為我立刻明白了她為什麼斷然拒絕別人的幫助或是坐輪椅出去，原來就是要我們——特別是我——看她的跛腳。

由於絕望中的報復動機，她要用她的痛苦使別人痛苦，用她的殘廢向我們這些健全者控訴。這比那晚上我請她跳舞而她放聲大哭更可怕一千倍，使我不由得體會她在這無助情況中所受的痛苦是多麼大了。最後，她好不容易算是搖晃到門口了，我那激動的心好像要跳出軍服之外似的，等她消失在門外之後，我仍在屏息傾聽著那漸遠漸弱的噠噠聲，直到完全聽不見了為止。

這時我才抬起頭來。那位老人，那位我一直沒去注意的老人也好像這時才突然站起，走到窗口向外急切地望著，急切得有點過分似的。我看不清他的臉，只感到他那拱起的背上似乎有著飲泣的抽動。這位天天看著他的孩子受苦的父親，顯然此刻還是不勝痛心的樣子。

誰也無話可說，沉默橫在我們中間。過了幾分鐘，他才轉過身來，像在滑冰場上一般，歪歪倒倒地走向我來。

「上尉，請別對這有點乖張的孩子見怪……你不知道她這幾年過的是什麼日子……老是換新的治療，一切的進展又慢得可怕，難怪她不耐煩。但有什麼辦法呢？病急亂求醫，無論什麼都該試一試，對不對？」

老人走到茶桌前站住，他說話的時候，並沒有面對我，那遮掩在灰睫毛後面的眼睛直直地望著茶桌，好像在作夢似的盯著那糖罐，捻起一塊方糖，茫然地看了一會，又把它放下，那樣子又像是喝醉了酒的人。他的視線仍然不能離開那茶桌，彷彿有什麼特殊物件吸引了他的注意，心不在焉地又拿起一把茶匙，然後又再放下，這才開口像對那茶匙說話似的說：

「你不知道她從前是什麼樣子！她整天動個不停，在樓梯上，在所有的地方，跑上跑下，把人嚇得心要跳到口裡似的。她才十一歲的時候，就能騎著她的小馬，在草原上奔馳，誰都追不上她。我和去世的內子，看見她那麼靈活，那麼敏捷，那麼精力充沛，簡直覺得有點可怕，怕她張開胳膊就會飛走不見的，誰會想到她，偏偏會遇上這種……」

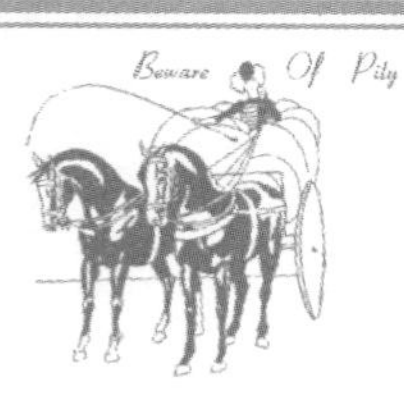

那灰白頭髮越來越低地俯向桌面，不知所措的手還在東摸西拿著桌上的器皿，這次拿起的不是茶匙，而是一把夾糖的夾子，用它在桌面上隨手亂畫著。（我知道他為了窘愧，直怕抬頭望我。）

「不過，就是現在，讓她高興還是很容易的，她在非常小的小事上，常會產生那種孩子氣的喜悅。一個笑話會引得她大笑，一本書會使得她感動。真希望你曾看見當你那些花送來時，她是多麼高興，她本來以為冒犯了你的，一下子完全放心了——你不知道她對於事情多麼敏感，無論什麼事，她都比別人感受得深。她失去自制時，壞起來比誰都壞，可是她怎麼……她怎麼能控制住自己呢？一個從無過失無害於人的孩子，遇到這種慢性疾病，怎麼能一直耐心忍受？對於虐待她的上帝，怎麼能不抱怨？」

他繼續望著想像中的影子，發抖的雙手也伸向空中！這時他手裡拿的夾子忽然畢剝一聲丟到地下了，好像他抬頭一望，才發覺不是自言自語，而是在一位完全陌生人的面前。於是立刻換了一種清醒鎮定的聲音，道歉地說：

「上尉，真對不起！……我幹嘛要用我們的煩惱打擾你呢？……這只因為……我忽然想起……我要向你解釋……不要把她想得太壞……」

我不知怎樣鼓起的勇氣，走到那老人身邊，打斷了他的喃喃道歉，我突然發覺自己在拉起了老人的雙手緊握著，什麼話也沒說。他吃驚地注視著我，我老怕他要說什麼話，但他沒有開口，只是眼裡充滿了淚水，像要奪眶而出了，我也從來不曾有過地激動著，直想趕快逃避，於是慌忙行禮走出了屋外。

在前廳裡僕人幫我穿外衣的時候，我忽然覺得背後有人走來，不用回頭去望，就知道是那位老人跟著我走了出來，並且站在那裡想對我說點感謝的話，但我不願陷入煩惱，便假裝不知道他在背後，心跳氣急地趕忙離開了那悲劇的房子。

第二天早晨，霧氣還籠罩在屋頂，窗子也都緊閉著在保護那些城裡人的好睡的時候，我們的隊伍，像往常一樣，已經騎馬出發往操場上去。開頭我們是緩緩走在那些很不舒服的石子路上，大家都還有點睡意朦朧的樣子，顯得僵硬呆板，有些兵士騎在馬鞍上，甚至搖搖欲墜似的。不一會穿過了四五條城中街道，到了廣闊的公路上，於是我們的騎隊從緩步變成小跑，再向右轉，穿過曠野的時候，我一聲令下，便又由小跑變成縱馬馳騁。這些聰明的馬匹一點不用指揮，就知道奔向何處一溜煙地跑著，他們也正和人一樣渴望著興奮狂放。

我領隊騎在前頭，因為對於騎馬有種狂熱的緣故，當冷風迎面呼嘯吹來時，我

感到周身熱血沸騰，四肢溫暖而又舒暢。多麼新鮮的清晨空氣，你可以覺得出裡面夾雜著夜間露水的清涼，剛翻鬆過的土地的氣息，以及開花田野的芬芳；同時你還可以感到由自己鼻息形成的暖流的環繞。在這晨間馳騁中，我一向是最感興奮，因為馬上的顛動可以驅散身體上的慵懶和精神上的恍惚。在那種飄然之感中，我再不能平靜地呼吸，而是張開大口吞吸著疾風。「快跑！快跑！」我覺得眼睛明亮起來，頭腦靈活起來，可以聽見背後追隨而來的那些有韻律的聲音——佩劍衝擊聲，馬鼻呼氣聲，馬鞍起落聲以及馬蹄觸地聲。這一切成了個被一種單純活力控制著的整體。向前，向前，向前，快跑，快跑，快跑！啊，要這樣奔馳，這樣奔馳到世界的盡頭！想到自己是這場歡騰的主宰者好不暗暗得意，於是不時地在馬上轉身回望著我的隊伍。這時，那些士兵的臉上都有了新的表情，方才的睡意懶相已經煙消雲散，一掃而光，看見我回望他們，一齊向我注視微笑，他們也正像我一樣感到了青春的歡樂和新生的活力。

可是忽然間，我喊了一聲：「慢步！」他們立刻驚慌失措地趕快拉緊了韁繩，全排一齊緩慢下來，同時有點惶惑地向我望著，因為我們照例是跑過田野奔向操場的，然而這次我覺得好像有隻無形的手把韁繩拉住，使我忽然想到了一件事。我大

概是無意中望見了左邊遠處那座房子，那一道白牆，那園中樹木，那平頂的高塔，一個念頭忽然閃進我的心中：也許有人在那裡望得見你，那人的感情曾因你愛好跳舞而受過創傷，現在又要為你的愛好騎馬再受傷一次，讓一個跛腳不能走動的人，望著你像飛鳥一般疾馳，將是什麼滋味！我忽然對於自己的這般健康、這般滿足、這般自在，覺得無限慚愧，好像我在享有著一項不應有的特權，所以我使背後的隊伍失望地跟著我慢步穿過草原，他們臉上一定都露出無可奈何的掃興表情，這是不用回頭望也能知道的。

但是，實在說，就在被這奇怪的自制念頭懾服的當兒，我也明知這樣做是很愚蠢無用的。為什麼一個人得不到的歡樂，別的人也要拒絕？一個人不幸，別的人也要自苦？這是毫無理由的。我知道這世界隨時隨地都是有人在歡笑之中，也有人在垂死邊緣；多少窗戶後面隱伏著悲苦，多少人們忍受著饑餓；還有那些醫院、礦坑之類的場所；和工廠、軍營、機關、監獄中，多少的苦工和勞役，無論那一個的不幸，都不會因為另一個人的徒然自苦而減輕。我絕對相信，如果一個人要去想像某一時間內全世界上的不幸遭遇，那他將再也不能入睡和發笑。好在人從來不會去想像不幸的事物，只有他親眼見過的才會打動他的心。我在剛才的意氣飛揚中，眼前

忽然出現那跛腳女孩的蒼白面貌，就是因為我曾親眼見過她架著拐杖拖著雙腿走過大廳；親自聽到過那些噠噠的沉重聲音和腿上支架機件的亂響，所以一想起來，就不知不覺拉住了韁繩。現在我對自己說：你把興高采烈的奔跑變成沒精打采的緩行，又會對誰有好處呢？但說什麼都沒用，我的良心某一方面受了打擊，再也鼓不起勇氣去享受健全身體賦予的歡樂。我們慢慢地向操場走去，直到那房子完全看不見了，這才振作起來想：「無聊！完全是愚蠢的感傷！」於是我又發了「快跑」的口令。

一切都由於這韁繩的一拉，這就是我那憐憫精神中奇異毒素的初步徵候。起先我僅僅像個病人睡醒，覺得暈眩似的模糊地感到自己有點不對，誰知從此我那狹隘的生活竟完全為那天而活了。過去我總是以長輩或朋友的憂喜為憂喜，自己從未主動地對任何人發生過興趣，也從來沒有什麼事情真正感動過我，家庭生活是為我安排好了的，職業生活更是一切都有規定。而現在竟忽然有點事故發生在我的身上——雖然表面上並無顯明的跡象，也沒有什麼真實的感覺，但自從那天看見那跛腳女孩的眼神，我理會到一種從未夢想過的人類的痛苦，感覺到熱血在我身上湧起，好像我也感染了只有患者才說得出的神秘的病熱。我知道自己已經跳出了一向安全的

生活圈，踏進了一個令人激動的新境界，第一次在面前看見一個情感的深淵，在那裡張著大口，引誘我去窺視或投身。不過同時我又本能地警告著自己不要屈服於這種狂妄的好奇，在心裡對自己說：「夠了，你已經道歉過，把整個事件了結了。」但是另一個聲音又輕輕地對我說：「再去看她一次吧，再經驗一下戰慄的滋味吧。」警告又跟著發出：「躲開，不要勉強自己去陪她，不要去擾亂她。放縱的感情對你是不適宜的，蠢傢伙，你會把自己弄得比第一次還要糟！」

令人大為驚訝的是三天後，我的桌子上有著一封柯克斯夫的信，問我星期天願不願意去他家吃飯？於是我的決心又完全打消了。他說這次請的全是男客，其中有他提到過的國防部的F上校。還說當然最想見我的是他的姪女和女兒。我要坦白承認，這邀請使我得意非凡，因為這可見他們沒有忘記我。

我立刻接受了這邀請，實在說也沒有什麼可後悔的，那天晚上的確過得非常愉快。以我這樣一個在軍隊中不大有人理會的後輩，竟忽然得到幾位顯赫長者的熱誠相待，這顯然是柯克斯夫事先曾著意安排。這是我第一次聽見長官用平輩的口吻和我說話，上校問我在軍中生活得愉快嗎？未來的理想是什麼？他還告訴我到維也納時一定去看他，有什麼需要幫忙的地方，他一定盡力。另外那位禿頂圓臉一團和氣

的公證人，也邀請我到他家去玩，那位糖廠經理是一再地把他的住址念給我聽—這些談話和我在軍中總是立正說「是的，長官。」是多麼不同啊！並且一個人恢復了自信之後，談話也就越來越流暢了。

過去僅僅聽說過的山珍海味，這時又一樣一樣地端到我的面前，還有那些使人飄飄然的各種美酒。我知道為這些東西迷惑是很傻的事，但一個沒沒無聞的後生小子能和名流長者共享如此盛宴，又怎能否認這種虛榮的快樂呢？我不停地在想著：天哪，讓萬魯斯卡來看看就好了，那傢伙總愛向我們誇耀他在維也納大飯店中參加的那些豪華宴會，要是叫他到這房子裡來一下，準會驚喜得目瞪口呆。真希望他們能來望一眼，看我多麼歡欣地坐在這裡，多麼自然地在和上校對飲，和廠長交談，他們會很清楚地聽見他鄭重其事地說：「嗯，你的意見真好！」

閒談中間，柯克斯夫走過來俯身問我，飯後是要參加大家的牌局，還是要陪兩位小姐聊天？當然，我回答說願意選擇後者。我怎能和一位上校賭錢？贏了會使他不痛快；輸了我將喪失一月的費用。並且，當時身上只有著二十個庫郎。

因此，隔壁房間擺開牌桌的時候，我便單獨和兩個女孩子坐在一起了。不知是酒的力量還是心情使然，非常奇怪的是今天她們倆都顯得特別漂亮。蕙迪不像我上

次見她時候那樣蒼白，那樣病態，不知是為見客搽了臙脂？還是精神活力把紅潤帶上了她的面頰？總之，她嘴邊已看不見向下撇的線紋，眉頭也不皺在一起了，她穿著粉紅色長袍坐在那裡，腿上沒有加蓋毛毯之類的掩飾物，而我和大家因為興緻太好了，也不再去理會那些。至於伊蘿娜呢，她那眼睛明亮得簡直使我疑心她有點醉意了，當她微笑著挺起圓潤的肩頭向後靠坐的時候，我竭力避開才抑制住想假裝無意去觸摸一下的衝動。

剛吃完一頓盛宴，喝過一些使人周身溫暖的美酒，現在手執粗大的雪茄，面前浮著芳香撲鼻的煙圈，身邊又坐著兩位漂亮的女孩，這時要是還不會談笑自如，那我真是個第一號的蠢人了。實在說，只要能打破羞赧的障礙，我的口才向來是很不錯的，而這次是特別顯得好。當然，我所談的都不過是些軍中最近發生的無聊小故事，像從鄉下剛來的新兵所鬧的笑話之類。但想不到那兩位女孩子竟很感興趣，不停地哈哈大笑。薏迪的笑聲特別來得尖，好像發自內心深處，使她那瓷一般透明的皮膚，泛起越來越重的溫暖紅潤，一臉健康的顏色，那灰色眼睛也不再流露著嚴厲的光芒，而閃耀著孩子氣的喜悅了。她一時之間完全忘記了自己的殘疾，輕鬆愉快地靠坐在椅子上，大笑不已時還把伊蘿娜拉過來把手搭在她的肩上，這使人看了真

覺高興。一個說笑話的人能得到別人的欣賞鼓勵，自然就越說越起勁，許多已經忘記的故事，不知不覺也都想起來了。通常總有點怕羞侷促的我，這時感到一種從未有過的大膽，盡量使她們大笑，跟她們一齊笑著，我們三個人像小學生似的，使那屋角充滿了格格的笑聲。

雖然我沈醉在這三人組成的小圈子中縱情歡笑著，仍模模糊糊地感覺到有人在注視我們。那視線是從牌桌上一對充滿快樂的眼裡遠遠地射過來的，看了那種快樂的眼神，我的快樂也不由得更增高了。想來他是怕被別人看見不好意思，總是不時偷偷地從牌上抬起眼來望我們一下，有時和我的視線遇上了，便給我一個親切友善的點頭示意。

就這樣子，我們說說笑笑，不知不覺已到半夜，宵夜的點心和酒又端上來了。這時不只我一個人大吃大喝著，很奇怪的是連那兩位女孩子也開懷暢飲著那些又黑又濃的英國陳年美酒。但告別的時候終於到了。薏迪、伊蘿娜和我像親密的老友一般握手道別，不用說，我答應她們不久會再來，也許就是明天或後天。外面有汽車等著送我們，我和其他三位一齊走了出去。僕人幫上校穿外衣，我也拿起了自己的，要穿的時候，想不到也有人站在我身後幫忙，回頭一看，竟是柯克斯夫，我慌

張地謝拒著。（像我這樣一個後生小子怎能接受老人家的服侍呢？）他湊在我耳邊壓低了聲音很不好意思地說：「上尉，你不能想像我又聽見了那孩子從心裡發出的笑聲是多麼快樂。她的生活中難得有歡樂，今天她好像又恢復了從前……」

上校走過來，對我親切微笑著說：「好，可以走了吧？」柯克斯夫在他面前自然不好再說下去，但我忽然感覺到這位老人像在撫愛小孩或女人似的無限溫柔地輕拉著我的衣袖，在他那嚴肅沉默而又羞赧的表情中有著無限的親切和感謝。我受寵若驚地趕快和上校一齊走下台階，竭力振作了一下才掩飾住我的激動。

那晚簡直無法立刻入睡，我太興奮了。說起來，都不過是些小事，但那老人曾輕拉我的衣袖，還有那一臉抑制著的由衷感謝之情，太使我激動了，就是在女性身上，我也從未經驗過這樣的深情。這是生平第一次，我被證實對人有用，想不到自己這個無足輕重的小軍官，竟有著使別人快樂無窮的力量。為了解釋這種突然發現給我的陶醉，也許應該特別說明：我從小就為自己是個可有可無的多餘人物而感到自卑，在軍校讀書的時候，是個普普通通的學生，沒有出過鋒頭，也沒有受過重視，後來到了部隊裡，也還是一樣。譬如說，假使我忽然從馬上掉下來，摔死了，同事們當然會說：「真可憐！」或是「可憐的赫米勒呀！」但一月之後就再不會有

人懷念我，另一個人補上我的缺，騎著我的馬，擔任著我的職務，一切照常了。我和女人的關係也和同事間的情形差不多。在過去駐防的城裡也曾有過戀愛事件。有一位叫安娜，我曾和她一同出遊，放假的日子還帶她到過我的房裡，她生日，我送過她珊瑚項鍊，互相說過纏綿的情話，但我調防之後，彼此很快地便另找安慰了。頭三個月還有書信往還，不過那種情書是冠上任何人的名字都可以的，最後，不用說是一切都成過去，忘記算完。我這個二十五歲的年輕人，至今未經驗過什麼強烈感情，自己除了小心工作怕留給別人不良印象之外，也從無別的奢望和妄想。

但是，現在竟發生了意外的事。我不勝驚訝地思忖著，這是怎麼回事？像我這樣平凡的一個年輕人，竟能影響別人嗎？連五十個庫郎都沒有的我，竟會使那位富翁快樂，勝過他所有的朋友嗎？我，赫米勒上尉竟也能幫助人，安慰人嗎？當真我花一個下午的時間去和一位跛腳痛苦的女孩聊聊天，就能使她眼睛明亮，面頰紅潤，使那原來瀰漫著陰沉的房子忽然充滿光明嗎？

興奮中我那麼快地穿過城中的暗路，全身都溫暖起來，我的心膨脹得好像衣服都要裂開了，因為驚人的發現，一個接連一個地浮起。現在更令人驚喜的是：原來同陌生人建立友誼竟這樣容易！實在說，我做了什麼呢？

不過是表示了一點同情，花費了兩晚時間——這竟足夠了！那麼我一向為消磨時間而在咖啡館閒坐，和些蠢人玩牌，或是來回不停地散步，是多麼傻呵！從今以後，再也不要過那種無聊生活了！我越走越快，決定要從此改變生活方式，盡量少去咖啡館，停止打彈子賭博之類於人無益徒自勞神的事。我在心裡對自己說，以後要常去探望那位可憐的女孩，多想點可以使她們聽了開心的故事，我們可以下棋或做其它愉快的遊戲。就是這種助人的決心和從此要做點有益於人的事的念頭，使我激起了無上的熱情，意氣飛揚，像在慷慨高歌，又像欣喜欲狂。一個人必須知道了自己對於別人的重要，才會感覺到自己的生活目標的。

此後好幾個星期的下午和晚上，我都是在柯克斯夫家度過的，並且那些友誼的聊天很快地變成了有點放肆的無所不談。對於一個從小就在軍營中生活的年輕人，無意之中竟發現了一個溫暖的家庭代替著那些冰冷的營房和煙霧瀰漫的食堂，這是怎樣一種大的誘惑呢！每天一到四點半或是五點，工作完畢，我便立刻向那裡走去。我的手一放到門環上，那位老約瑟夫便立刻滿臉笑容地把門拉開，好像他早就在什麼隱秘的小洞眼窺探著似的。在這所有的愉快而又明顯的情況中，我感到自己已經被視為這家中的一份子。我的每一種小毛病小嗜好都被他們注意著迎合著，我愛吸的那種雪茄，總為我預備在那裡；我看過偶然說好的書籍，也總裁開了書頁放在小凳上；我面對薏迪所坐的椅子，無形中已公認為「我的」專用品。自然這都是些算不了一回事的瑣事，但它們能使一間陌生的屋子充滿了家的溫暖，而且不知不覺中使人的精神歡欣鼓舞著。我坐在那裡隨意地說說笑笑，比和同事們在一起時更來得無拘無束，更顯得天真坦誠。

但事實上另外還有一個因素是我發覺每天和兩個女孩子在一塊是那麼快樂。我從很小的年紀就進入軍校，這就是說，最近十五年來，我一直生活在全是男性的環境中。從早到晚，從夜到晝；無時無刻不在過軍事化生活——在宿舍，在軍營，在部隊，在食堂，在行軍，在騎兵學校，在授課教室，永遠是呼吸著男性的氣息，最初是少年的，後來是青年的，總之永遠是男人、男人：我變得習慣了他們那粗獷的表情，那堅重的腳步，那低沉的喉嚨，那煙草的氣味，以及那坦白直爽有時近於粗野的態度。

當然，我是非常喜歡這些袍澤，沒有什麼可抱怨的，但這男性氣氛中總缺少一種使人興奮鼓舞原素，就像我們的最優秀的軍樂隊，不管那演奏的旋律多麼無懈可擊，軍樂就是軍樂，因為缺少絃樂的伴奏，顯得生硬粗糙，所以軍營中即使最快樂

的時候，也總覺欠缺其他團體由於女性有形無形的參加而產生的那種細緻溫柔成分。就是當我們十四五歲當士校學生的時候，三三兩兩穿著金邊的制服到城裡閒逛，經過那些和女孩子悠閒談笑的少年們身旁的當兒，都不由得有點悔恨之感，覺得別人視為平常的和異性交遊，在自己生活中卻被硬性剝奪了。我們被關在鐵欄裡，望著那些短裙的小女孩都像是非常迷人，想同她們中任何一位說句話都成了無法達成的願望。這種壓抑是很難令人淡忘的。事實上，後來大半都很快地走向荒唐的冒險，但這並不能補償少年時期的多情。雖然我已同成打的女人睡過覺了，而每逢有人把我介紹給一位女孩子的時候，總是侷促不安，這就是那長年的壓抑把我的儀態中自然大方的氣質損傷剝奪了。

現在突然之間，那暗中的渴望竟如此圓滿地實現，我竟和年輕女性建立起友誼，而不再老是和那些滿臉鬍鬚的男性或舉止粗魯的軍人打交道了。每天下午我無拘無束地和兩位女孩子坐在一起；那輕柔的女性聲音，使我有一種周身舒暢的感受，從未有過的快樂。在她們面前我完全擺脫了羞澀的侷促，特別快樂的一點是由於環境的特殊，我們之間沒有那種普通青年男女接觸久了照例會有的緊張不安。最初，我不能不承認，伊蘿娜的肉感的雙唇和光滑的兩臂以及各種溫柔的小動作，對

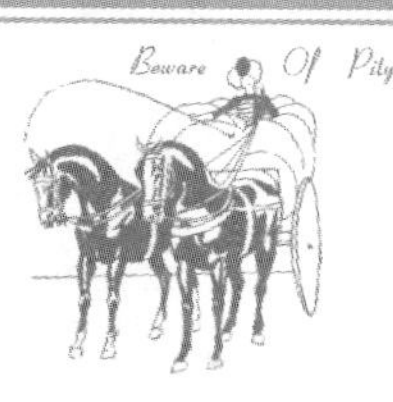

於青年的我確曾有過相當的刺激，但一開始她便告訴了我，她和一位學法律的青年訂婚已有兩年，等薏迪病況見好或完全康復後，就要結婚的——我想是柯克斯夫答應給這窮親戚一筆嫁妝費，要她等的。撇開這點不說，單是守著一位殘廢病人，兩個並非真心相愛的人只為了尋歡作樂，而在那輪椅背後偷偷摸摸，也未免太輕薄可恥。因此伊蘿娜的性情很快地便對我失去惱人的魅力，而我的感情竟越來越集中於那位被命運虐待的不幸者身上，並且對病人的同情往往不知不覺地變得溫存憐憫。坐在跛腳女孩的身旁，用話語使她開心，看她嘴邊時時浮起衷心微笑，或是當她不耐煩要發脾氣的時候，用手輕輕觸動她一下，看她立刻羞愧地變成柔順，並且用那灰色的眼睛，對你感謝地一望——和一位病人的精神默契中，這類親密的偶然小事，使我覺得比過去和別的女人熱戀更為快樂。多謝這些溫和平淡的精神昇華，使我體驗了一種從不知道也未想到的溫馨之情。

這種從不知道也未想到的溫馨之情，實在說正是最危險的，因為不管多麼堅強的意志，總不可能在病患者和健康人或囚禁者和自由人之間繼續維持友誼。這正猶如永遠無法在債權人和借貸人之間取得和諧一樣，因為前者不可能成為贈與者，後者也不可能成為接受者。病人心中總潛伏著一種憤恨，隨時要爆發出來抵抗別人對

他過分明顯的關注，對於一個長期受人照拂的人，如果安慰變成憐憫，那只有使他更加受到傷害。一方面她是被寵慣了的，她要別人對她像對公主、王子一般尊敬，像對小孩一般愛撫；而另一方面，別人對她的關懷又像對她虐待，因為那使她更深切地感到自己的無助和不幸。譬如，要是有人把那張小凳好意地更推近她身邊，省得她要拿書或杯子的時候，探身費力，她會忽然惱怒起來，眼裡閃著怒火像在說：「你認為我照應不了自己嗎？」這就像關在籠裡的野獸常會無緣無故地咬那來餵牠的人一口，她也是時時有種惡念，想提醒別人她是個「狠毒的跛子」，用以打破一下那沈悶的氣氛。每逢這種情勢緊張的時候，別人只有竭力忍耐，誰也不敢譴責她的乖戾無理。

很奇怪的是我竟一次又一次培養起對付她的勇氣。在不可思議的情況下，一個人要是偶然看透了一點人性的奧秘，那種透視力就會逐日加強，由一點而了解到一切。所以我不但不被她那時常突然發脾氣嚇退，相反地她的脾氣發得越乖張無理，就越使我受感動，後來漸漸地我也發覺出為什麼蕙迪的父親和伊蘿娜以及全家上下人等那麼歡迎我來的原因了。長期不斷的忍受，不但把病人的體力消耗，就是別人的情感也被弄得麻木了。蕙迪的父親和伊蘿娜的確是在分擔著病人的整個苦難，但

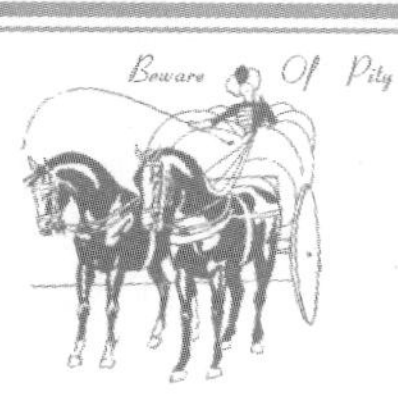

現在也有點精疲力盡，顯得有點聽天由命的樣子，在他們心目中，病人就是病人，癱瘓也已成事實，遇到脾氣發作，只有低垂著眼簾等候那暴風雨的過去，他們已不再像我每次遇到時那樣的驚恐。她的痛苦只有對我還產生慘不忍睹的刺激力，她的亂發脾氣也只有在我面前，使她覺得有點不好意思。每當她要失去控制的時候，只要我輕輕地喊一聲「親愛的薏迪呀……」那對灰眼睛便立刻溫順地低垂下來，甚至臉紅起來，看得出她簡直要跑走躲開，但她那不聽指使的腿卻硬把她困在椅子上。每逢我告辭要走，她總是近於哀求地說：「明天你會再來的，是不是？你沒有因為我今天的胡言亂語生氣吧？」這時我不由得有種可卑的得意之感，覺得自己不過給了她一點真摯的同情，想不到竟產生了如此重大的力量。

但年輕人得到一點人生經驗，往往就變成一種永無饜足的感情。我一發覺自己的憐憫心腸不但能使自己得到助人之樂，而且對於別人也有益處，便立刻產生了一種奇異的變態心理。這好像毒素進入了血液，使那血液流動得更熱更紅更快，並且悸動震顫得也更加厲害。忽然之間，我再不能理解一向過慣的麻木生活，多少我想也沒有想過的事，現在竟刺激著我沈思不已，在我的周圍，我好像初次窺見並且體會到別人的苦難，因而受到激動。很奇怪的是我為部隊訓練馬匹的時候，竟再也不

能像往常那樣對一匹倔強的馬加以鞭打而無動於衷；或是團長為了馬鞍安裝得不好在摑一個垂手立正的小兵耳光時，我竟不知不覺地在用指甲掐自己的手心，旁人不過是茫然地望著笑著，只有我看見羞愧的熱淚湧上那可憐孩子的低垂的眼內。自從體會到柔弱的蕙迪遭受的痛苦，我看見任何無助可憐的人被虐待，都覺不忍。過去視而不見的一些小事，現在都引起了我的注意，打動著我的心弦。譬如，我經常去買香煙的那個小店裡的老太婆，把我遞給她的硬幣湊近那厚厚的眼鏡去辨視的時候，我立刻懷疑到她可能是患有白內障，第二天便想設法委婉地探問一下，也許可以請我們部隊的軍醫做好事來為她檢查檢查。

一次又一次，一天又一天，我總會找到一個新機會放縱我的這種著迷的情感。常在心裡對自己說：從今以後要盡量幫助所有的人，停止那種漠不關心的冷淡！以自己的惻隱之心體會人生各方面的苦難，提高自己的品德，熱心為人吧；把別人的命運和自己的連接起來，豐富自己的生命吧！對於那位我無意中傷害過的女孩，我衷心地感激，是她教會了我運用這種同情的無邊法力。

好，不久我就從這種羅曼蒂克的情感中，覺醒過來，並且覺醒得非常徹底。有一天下午，我們在玩骨牌，同時融洽地談著話，誰也沒注意到時間多麼晚了，最

後，在十一點半的時候，我抬頭一看那掛鐘，趕快起身告辭。但當柯克斯夫陪我到大廳的時候，只聽見外面雨聲嘩嘩地響著，雨點很規律地擊打著屋頂。柯克斯夫便對我說：「讓車子送你回去。」我趕快推辭著說不必要，因為實在不願意為了我的緣故，在三更半夜使已經睡了的車夫再起床去開出那已經停進車房的車子。（設身處地為他人著想是我最近幾星期養成的習慣。）但是想到在這樣的天氣，坐著舒適的汽車回家，不必在泥濘的路上冒雨步行半小時，又實在是很大的誘惑，結果我還是答應了。不管雨下得多大，那老人堅持要送我上車，並且親自把毯子蓋在我的腿上。車夫開動了車子，我們冒雨急駛而去了。坐在沒有聲響沒有顛動的汽車內迅速地奔馳，實在是種了不起的奢侈享受，在短短的時間內已經到了城裡，要向軍營那方面轉彎了，我忽然敲著玻璃格子叫車夫停車。

我是想最好不要坐著這樣豪華的汽車回軍營，一個小軍官像大公爵似的從奢華的車內鑽出來，還有穿制服的車夫在旁伺候，看起來太不像話了，炫耀也要選擇適當的地點才行。再者我本能地一直不願把我所處的兩個截然不同的世界混淆起來。在柯克斯夫的豪華環境中，我是個受歡迎的獨立自由的人物；在軍營中我卻是個應該安分守己的可憐蟲，遇到一月只有三十天而不是三十一天就自認為幸運的。下意

識中，這兩方面的我不願彼此發生關係，甚至有時連那一個是真正的我，都不再能肯定似的。

車夫聽從著吩咐，在離軍營還有兩條街的地方停下車來。我下了車，豎起衣領正預備跑過那面前的廣場，但就在這一刻工夫，忽然又來了陣驟雨，風吹著雨點迎面打來，這樣，最好是找個門廊躲躲再走了。又想，那咖啡館一定還未打烊，何不到那裡安心坐等呢？過去六個門口就是咖啡館，呵，果然在簾幕之後還有輝煌的燈光洩出，說不定還有同事圍著桌子坐在那裡，這倒正是和他們聯絡聯絡的好機會—我有很久沒在那裡露面了。

推開咖啡館的門，只見前排的桌子有一半為了節省已熄了燈火，報紙到處亂丟著，茶房領班正在數小費的收入。只有後面玩牌的房間內，還有燈光和一些軍服鈕扣的閃亮。果然不錯，這些賭鬼還在流連未散，其實牌已結束，只是坐慣了的地方，誰都有點捨不得走，我的突然來臨正好打破他們的沉悶無聊。

「呵……唐尼來了！」費倫向大家嚷著，退休的軍醫接著說：「榮幸！榮幸！」六隻睡眼忽然一齊閃光地笑望著我。

他們見了我這樣歡迎，實在令人高興，我不由得心裡暗想，這真是些好人，對

於我的不聲不響地脫離竟毫不責怪。

「來杯清咖啡。」我對那滿臉睡意走來伺候的茶房吩咐之後，便坐到我慣坐的椅子上，說著一向見面慣說的開場白：「近來怎麼樣？」費倫一直裂嘴笑著，使他的圓臉更圓得像個月亮似的，眼睛瞇縫在蘋果一般的雙頰上，幾乎看不見了，過了一會才慢騰騰地開口說：「最近的最近，大人您又屈尊光臨敝處了。」醫生也把身子向後仰靠著背誦起哥德的詩句：「世間的上帝，又一次下凡，以你一般的形態，和你一樣地感受著悲歡。」

三個人一齊嘲弄地望著我，使我的心像下落到靴子裡去了似的。暗想：趁他們還沒詢問這些日子為什麼不見了和剛才是從那裡來的之前，趕快逃走才好，但是我還沒來得及採取行動，費倫已經很奇怪地用手肘輕觸著約瑟說：

「你看！」指著桌子底下，「這種下雨天還穿著精製的皮鞋。我們的唐尼，這小伙子真不錯呢！藥劑師告訴我說，他每天晚餐都是五道菜，有魚子醬、小雛雞，真正的陳年美酒、精製的雪茄——和我們在那破酒店吃的豬食是大不相同的。啊，對啦，我說，我們都太低估了我們的唐尼了，他實在很有一手呢。」

約瑟接下去說：「只是有一件事不好，不夠朋友。呵、親愛的唐尼，你為什麼

不對那老傢伙說：『我有幾位很出色的朋友，都是嘻嘻哈哈好得不得了的人，絕不會用刀子叉菜吃，我想那天帶他們一塊來呢？』你怎麼竟只想著自己，忘了大家呢？現在，至少也該帶根上好雪茄來給我們嚐嚐吧？」

三人一齊哈哈大笑著，我立刻面紅耳赤起來。真該死，他怎麼竟猜到了柯克斯夫又照例在臨別時塞了枝上好的雪茄在我口袋裡呢？難道是它凸起來被他們看見了？我窘困中勉強做了個笑臉，故作鎮靜地說：

「當然，當然有，特為你們帶來的，最好的。」我一面說一面去掏煙盒。這時我的手又不知不覺地驚跳了一下。前天是我的二十五歲生日，那兩位女孩子不知怎麼打聽出來的，吃飯的時候，我一拿餐巾，發覺裡面包了沈重的東西，原來是一隻作為生日禮物的香煙盒。這使費倫又有了新疑問，在我們那小圈子內，向來是一點小事故都會成為了不起的大事件的。

「哈，這是什麼？還是新貨。」說著一把從我手中將煙盒搶了過去，用手指敲弄著察看著，最後又放在手心試重量。「我說，」他望著桌子對面的醫生說，「這好像是真貨呢！你過來仔細瞧瞧。聽說你父親幹過這類行業，你也該懂得一點的。」

醫生是一位猶太籍金匠的兒子，於是在那多肉的鼻樑上戴起夾鼻眼鏡，拿過煙盒去翻覆審視，又放在手心試重量，作出一派行家的神氣，最後宣告著說：

「純金，成色十足，精工浮雕，價值——大約要七八百庫郎。」

經過他這麼一判斷，連我也不由得吃了一驚，因為我總以為不過是鍍金的。這時醫生又把煙盒遞回約瑟手裡，他比剛才更慎重地捧著（我們這些窮小子對於奢華物品是多麼尊敬呵！），仔細地端詳欣賞，然後掀動那寶石扣鈕把它打開，作了個演戲的姿態說：

「哈——還刻著字！聽著，聽我來念！給我們親愛的朋友唐尼，祝生日快樂。伊蘿娜、薏迪合贈。」

三人一齊對我注視著，結果是費倫透了口氣說：「天哪！我說，你真會選朋友。恭喜，恭喜！」

我覺得喉嚨都梗塞起來。到明天這整個部隊都會知道這金煙盒的故事和上面刻的題字了。費倫將會在餐廳裡當眾調侃地說「把你那漂亮的金煙盒拿給我們看看嘛！」於是我便不得不拿給隊長看，拿給少校看，甚至拿給團長看。他們都要放在手上試試重量，估估價錢，對著那題字吃吃發笑，然後來幾句譏弄和盤問，而自己

在長官面前又絕不能表示惱怒。

窘困之中，我急於想把話題扯開便說：「各位還有興趣再玩一局牌嗎？」想不到他們聽了都大笑起來，「費倫，你說說看，」約瑟碰了碰他的手肘說，「這就是闊氣呢！十一點半，快關門了，他還要玩牌！」

醫生向後仰靠著，悠哉游哉地說：「噯，噯，快樂的人是不會注意時間的。」

他們又哄然大笑，繼續嘲弄著過了一會，茶房領班走上來一板正經地說：「各位長官，時間到了。」這時雨已停止，我們一同走回營中，握手道別時，費倫拍著我的肩膀說：「真高興你又回到我們堆裡來了。」我聽得出他說的是真心話。總之，他們都是些愛開玩笑的好人，絕無惡意，就是對我有點嘲弄，也是出於無心，我為什麼要生氣呢？

他們的確沒有存心不良，但是這些好人的愚蠢饒舌竊語卻使我失去了一件再也無法收回的東西——信心。在這以前，我和柯克斯夫一家人的微妙關係，很奇怪地助長了我的自尊。因為這是我生平第一次發覺自己成了個施與者，助人者，而現在卻又不能不理會那些不明內情只看表面的人對這關係的相反看法。他們怎能知道我像個捕獲物般陷入這種被憐憫激起的微妙願望，就像陷入了秘密情網一樣不能自拔

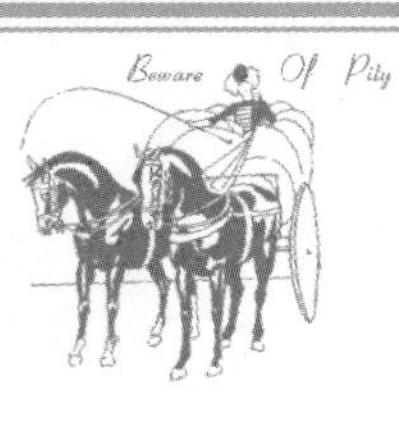

呢？在他們看來，我進入這豪華好客的人家，無疑地是為了要沾闊人的光，省點晚飯的開銷和得點禮物的饋贈。他們心裡對於這些毫不妒嫉，已可見是些好人，他們顯然絕未想到一個人被人供給吃喝是有點不光彩的（這才是使我真正窘困的一點），因為在他們的觀念中，我們騎兵隊的人肯坐到一個老財閥的桌子上，正是賞光給他呢，所以他們看了那金煙盒除了讚美並無不以為然的意思。現在使我煩惱的是自己開始懷疑起自己的行為來，實在說，我的表現可不真的像個食客嗎？作為一個軍官一個男子漢的我，應該每晚每晚受人家招待嗎？譬如那煙盒，我不應該拒絕接受嗎？像我這樣大的年輕人，不應該再讓人家塞雪茄到口袋，準備在回家路上吸的，還有，明天我決定要打消柯克斯夫要買匹新馬送我的念頭。此刻我才記起他前天曾自言自語地說我那匹褐色閹馬不行，最好讓他借給我一匹三歲大的著名跑馬，比賽時一定會贏。借——我完全懂他的意思。他是想收買我，為我的同情我的陪伴付報酬，就像他答應伊蘿娜一筆嫁妝錢，要她留在那裡照應他的可憐孩子一樣。我，頭腦單純的我，已經不知不覺地落入他的圈套，變成了一個道地的食客。

「別胡思亂想了！」接著我又這樣自己告訴自己。我想起那老人曾怎樣羞怯地掣我的袖子，我每次到他家，他怎樣仰著頭望我的臉。還想起和那兩個女孩子像兄

弟姊妹般的友情！她們從不在意我偶然的貪飲，就是注意到了，也只有為我的不拘禮而高興。

胡思亂想，完全是胡思亂想，我在心裡一再地這樣想著—怎麼會呢，那老人比我的父親還愛我！

但是一個人的內心一旦失去平衡，這種自寬自慰又有什麼用呢？我覺得費倫和約瑟的無心玩笑已擊碎了我的坦直。我繼續不停地自問著：你真的到那裡去是完全由於同情那些有錢人嗎？你難道不是受了虛榮的鼓勵，想去享受一下嗎？無論如何，我一定要把事情弄清楚。不能讓任何人說我的閒話。首先我要停止去拜訪，決定明天就取消那照例的前往。

所以，第二天我決定留在家裡，下班之後，便同約瑟和費倫到咖啡館去看報、玩牌。但是玩牌的時候我總出錯，因為對面牆上有一個鐘正對著我——四點二十，四點半，四點四十，四點五十——我不看牌卻去看鐘。四點半是我一向去吃茶的時間，每次到了那裡總是一切都擺好了，如果偶然遲到一刻鐘，他們迎接我的時候就會問「怎麼啦？」我的準時到達已成了他們等待著的當然之事；現在，無疑地他們也像我一樣不安地在時時看鐘，等著，等著。我可不要打個電話去說聲才對嗎？或

者打發勤務兵去一趟更好點。

「唐尼，你這牌怎麼打的！」約瑟生氣地望了我一眼，因為我的心不在焉使他輸了。我趕快振作了一下。

「喂，我可不可以和你換個位子？」

「當然可以，為什麼？」

「不知道為什麼，」我撒謊說，「好像這邊嘈雜的聲音使我分心。」

其實真正擾亂我的是那牆上的鐘，尤其是那不停地走動的分針。我仍在繼續困惑不已的是要不要打電話去道歉？這時我第一次發覺真正的同情不能像電動的幕幔似的，有時捲起有時放下，一個人既然要分擔別人的憂苦，就該犧牲點本身的自由。

但是我接著又責罵自己：「去他的吧！憑什麼非要我每天走半點鐘的路到那裡去不可呢？」這時由於下意識的反抗，我心裡的不痛快，不向約瑟和費倫發洩，竟遷怒到柯克斯夫身上。「讓他們等一次吧。讓他們明白一下，我不是可以用禮物和殷勤買得動的。一個人不應該先創下例子，習慣往往會成為義務的，我不要把自己束縛起來。」於是我心安理得地在那咖啡館裡坐了三個半小時，一直坐到七點半，

都不在乎。

七點半鐘的時候，大家起身散去。費倫提議散步回營。但我和他們一出咖啡館的門，便看見一個閃過的人影和一對熟識的眼睛。那不是伊蘿娜嗎？她這麼急忙地到那裡去呢？無論如何我應該追上去問問。

「對不起，我有點事。」急忙告別了這兩位莫名其妙的朋友，望著那飄過街去的衣裙後影，我也跑了過去。

「伊蘿娜！伊蘿娜！停一停！停一停！」我在她後面喊著，她最後總算停下來了，但一點驚訝的樣子都沒有，顯然是看見了我才急急跑走的。

「伊蘿娜，真高興在城裡遇見了你，讓我請你到什麼地方去坐坐，好嗎？」

「不，不，」她煩亂地喃喃著，「他們在家裡等著我呢。」

「就讓他們多等五分鐘吧。來嘛，別這麼瞪著我好不好？」

我說著便去挽她的胳膊，遇見她實在是很高興的，但她還是焦急不安的樣子。

「不，真的我非走不可，車子等在那裡呢。」果然車夫在那邊探身出來向我敬禮了。

而這樣做的目的，僅僅是要證明我去不去完全隨自己的高興，那些好食物好雪茄我

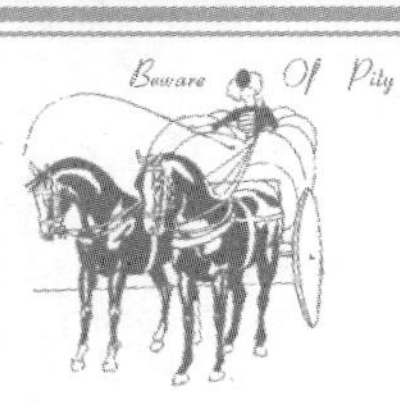

「那麼讓我送你上車吧。」

「好，當然，」她又嚅嚅地說，「當然……我說……你今天下午為什麼沒來？」

「今天下午？」我慢騰騰地反問著，好像一面說一面想。「今天下午？呵，對啦——今天下午有一樁討厭的職務，少校要買一匹馬，要我們大家都跟去幫他察看試騎。（這事情是真的，不過是一月之前的事了，我實在太不會編謊言。）

她遲疑著像要反駁我，但又不知為什麼直咬她的手套，踢躂她的腳。最後才說出一句：「至少你可以跟我回去吃晚飯吧？」

我心裡想：要堅決，絕不能讓步，至少這一天要堅持到底。於是我做了個抱歉的表情說：「真糟！我當然是願意去的，但今天一天都排滿了，晚上還有個懇親會，不能不到。」

她奇怪地望了我一眼，一句話也沒再說，便上車去了。司機把車門關了之後，她才又從窗口冒出一句：「明天來嗎？」

「呵，明天一定來。」汽車開走了。

目送她走了之後，心裡很不舒服，覺得我至少應該託她向她伯父致意，並且給蕙迪帶幾句話的，實在，他們並不曾錯待我；可是另一方面又很高興自己的堅決舉

動，覺得現在別人再不能說我巴結他們了。

雖然我答應伊蘿娜第二天照往常的時間去，但又想提早一點去比較好，因為客氣一點可以維護安全，我要明白表示到那裡作客，不是為了陪伴誰。從今以後我要隨時去都受期待和歡迎。這次果然就達成了我的願望，到那裡的時候，約瑟夫在門口等我。

一望見我就急忙地說：「小姐們到塔上去了，留下話請上尉也到上面去呢？我想上尉沒有上去過吧?你會覺得那地方很可愛的。」

約瑟夫說的不錯，我從來沒到那平台頂上去過，雖然這個古怪而有點神秘的建築物很引起我的興趣。那方塔本來是個年久失修的舊物，一直荒廢著，後來改成貯藏室。蕙迪小時候，常偷偷爬上去玩，使她父母驚慌不已，後來得病之後她還時常仰望著那地方出神，好像那是她失去的童年樂園。

柯克斯夫為了要給他的病兒一個驚喜，趁她到德國療養的三個月期間，請了維也納的一位建築家來，把那塔頂改造成一個廣大的平台。秋天她因為病況沒有進步，回家來的時候，那高台已經裝上大電梯，可以隨時把她連人帶輪椅一齊送上去，這樣，童年的遊樂世界出乎意外地又重回到她的身邊。

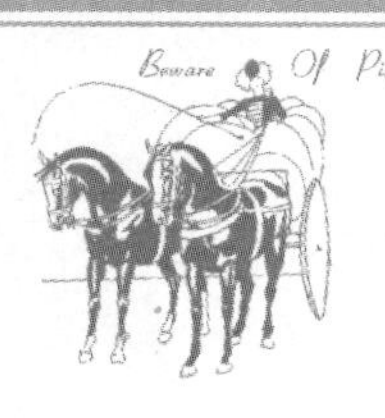

薏迪很喜歡這平台，因為這使她從單調無聊的室內生活中解放了。在這高台上她可以瞭望原野景色，可以俯瞰鄰近活動，經過了長久的禁錮，她又和外面世界有了連繫。由於一種妒嫉之情，她把這高台遠眺作為獨享之樂，不准家中任何賓客上來分享，從剛才約瑟夫的語氣就可聽出，我能受到邀請，是多麼稀有的殊榮。

他提議用電梯送我上去，但我聽說另外還有一樓梯，並且每層都有窗戶，很想享受一下那隨著升高而逐漸開闊的視野。這是一個雲淡風清麗日當天的天氣，陽光照耀著大地像一面金網，人家煙囪上冒出的炊煙靜止在空中，成為一些不動的圓環。低頭可以望見晒著漁網的農家屋頂和門前養鴨的水塘，一切都像金屬物似的閃閃發亮。油綠的田野上有牛車在緩行，有婦女在洗衣。爬了九十多級快到頂的時候，我簡直可以對這大平原騁目極視了，遠處一條小河在朦朧的天邊發著微藍的銀光，左邊閃耀著的是我們那有圓頂教堂的整齊而擁擠的小城，用肉眼就可認出我們的營房和市政廳、學校以及那大操場。我駐防這裡以來，第一次發覺這個偏僻小城竟有如此樸實的美。

但我這友誼的拜訪，心情並不平靜，因為一登上這高台，我就要準備怎樣應付那病人的。開頭我沒有看見她在那裡。她靠在上面休息的大椅背，像個彩色貝殼似

的正對著我，把她那瘦弱的身體完全遮蔽住。椅旁的小桌上擺著一疊書和一個打開的唱機，是唯一說明她在那裡的痕迹。我對於這樣從背後走去有點躊躇起來，如果她在養神或睡著了，這會使她嚇一跳的，於是我繞路向前，對著她走去。當我快走到她面前的時候，才發覺她睡著了，身上嚴密地包裹著，頭歪靠在雪白的枕頭上，淡褐色的頭髮披散在臉的周圍，她那充滿稚氣的橢圓形的臉孔，在夕陽的光輝中竟呈現著很健康的琥珀色。

我不知不覺地停住了腳，並且利用這遲疑不前的片刻，把她當作一幅畫似的欣賞著，在我們相處這麼久的時間內，我還從來沒有從容端詳過她，因為她正像一般神經過敏的人那樣，時刻要別人的注意力集中在她的身上，如果談話的時候不一直望著她的眼睛，她的眉頭就要蹙起，睫毛就要眨動，嘴唇也就要抿起，表示她不高興了，所以我還從來沒見過她沉靜時的側面。現在她靜靜的躺在那裡，我可以從容地對那既有孩童稚氣又有女性魅力的美妙混合體，仔細端詳一番了。她口渴似的雙唇微張，輕輕地在呼吸，但就是這樣輕呼吸，還使她那單薄的身軀顯得很吃力地起伏著，那張缺乏血色的白皙面孔，襯托著褐色頭髮仰靠在雪白的枕頭上。我悄悄地更向前走了一步，連她那睫毛下垂的陰影，額頭角上的青筋和鼻孔透明都看見了，

這一切都顯示出那保護著她的血肉不受外界侵害的表皮是多麼脆弱單薄。我不由得想起在這樣外表下跳動著的神經將是怎樣的敏感；有這樣適於跑跳飄浮的輕盈身材的人，卻被殘酷地縛在笨重的輪椅上，這痛苦又將是怎樣的深沉？可憐的被銬著呵！我又一次感到激動的熱情在心中升起，這種痛苦無奈然而迸發猛烈的憐憫之情，是我一想到這不幸者就要油然而生的。我的手顫抖著很想去觸動一下她的胳膊，使她睜眼看見我時燦然一笑。每逢想到她或看見她，憐憫之中總混合著一種體貼溫存的切望，說服著自己更加去接近她。但是，我不能打擾她這睡眠，因為只有睡眠能使她忘了自己，忘了可怕的現實生活，走近睡眠中的病患者是件可驚異的事，在睡夢中他們像是完全忘記了病苦，有時還會像一隻蝴蝶飛上一張嫩葉似的，一個難得的微笑浮上他們的唇邊，這笑容是一醒便立刻消逝不見的。試想一位被命運虐待的癱瘓者唯有在睡夢中能不感到自身的殘廢，不感受被綑縛的痛苦，這是多麼令人心酸呵！此刻尤其使我感動的是那搭在毯子上的纖弱細白的雙手，那麼沒有血色沒有力氣，應該只能捉拿鴿子兔子之類的小動物，別的什麼都拿不動的，怎麼竟能去拄那沉重的拐杖？我的視線不覺地又落到那毯子上面，它所覆蓋的雙腿究竟殘廢到什麼程度呢？我從來沒有勇氣去探問，只知被機械綑縛著，現在直直地伸在

那裡。我還記得她每走一步便發出那沈重的聲響，好像她有著死沉的重量一般——而她實在是比所有的人都輕盈，誰見了她都會覺得她不只適於跑跳，而更適於飄浮飛翔似的。

我想到這裡不由得身體顫動了一下，腳上的馬刺發出輕微的聲響，就此把她睡眠的薄幕掀起了。

她在睜眼之前，先嘆了口氣，伸張了一下手指，然後隨著一個呵欠醒來。她眨動著睫毛，吃驚地低頭看了看自己。

忽然視線落到我的身上，她好像一時弄不明白是怎麼回事似的，呆了一下才恍然大醒，血液立刻湧上她的雙頰，變得緋紅，又一次像紅酒斟進了水晶杯內。

「看我多蠢！」她皺了一下眉頭，把落下的毯子趕快拉上來，好像我看見了她的裸體似的那樣驚慌著。「看我多蠢！一定是睡著了。」她的鼻翅又在動了——我已很熟悉這要發脾氣的先兆。她挑戰一般望著我。

「你為什麼不叫醒我？」她質問著，「你不應該看人家的睡相。這不可以。人睡著的時候，樣子總是很可笑的。」

看見她的羞惱，我不由得慌張起來，想開個小玩笑也許情勢會緩和一點，便

說：「睡著的時候可笑，總比醒著的時候可笑好些。」

但是她這時雙臂交叉地抱在胸前，眉心的皺痕更加深了，接著嘴唇開始發抖，給了我銳利的探詢的一眼。

「你昨天為什麼不來？」

這突然而來的質問，使我一時不知怎樣回答才好，而她不等我回答又緊接著問：

「你讓我們大家坐著等你，一定有什麼特殊原因吧？否則你不會連電話也不打一個來。」

我真是傻極了，怎麼竟沒預先想到為這問話作個準備呢？我手足無措地呆了一會，最後還是把那種陳腐的藉口搬出來，說我們營裡突然來了個新馬考察，本來以為五點鐘就可以溜走的，想不到上校又臨時增加馬匹，一遍又一遍地讓牠們比賽。

她那灰色眼睛尖銳地望著我。我越說得迂迴其詞，她越顯得不耐煩，手指不停地敲打著椅子。

「我知道，」最後她用冰冷嚴峻的聲調說，「這考察的結果怎樣呢？上校買了那匹馬嗎？」

我看出自己有點落進圈套了。她在那裡用手套一下又一下地抽打著桌子，好像藉此消除著她手指上的緊張，然後抬頭威嚇地望著我說：

「讓我們結束這些謊話吧！你說的話沒有一句是真的！你竟想用這一串無聊的話來欺瞞我！」

她的手套在桌上越抽越狠，終於用力把它拋擲出去，在空中畫了一個大大的弧線。

「一連串的假話，全不是那麼回事！你並沒有在營裡，也沒有什麼新馬考察，四點半的時候，你坐在咖啡館裡，據我所知，那絕不是馬能進去的地方。別哄騙我了，我們的車夫碰巧在六點鐘的時候看見你在玩牌。」

我張口結舌地說不出話來，而她忽然又轉了新的方向。

「和你這樣轉彎抹角地兜圈子，有什麼意思呢？這不等於捉迷藏嗎？乾脆一句話說吧，你在對我撒謊。好，你也該心裡明白——我們的車夫並不是碰巧看見你，是我打發他進城去看你的。我以為你也許是病了，或是遭遇了什麼意外，因為你連個電話也沒打，並且…呵，你也許認為我有點歇斯底里，隨便你想吧……我受不了那種等待！就是為了受不了……我才叫車夫去看……營裡的人告訴他，你身體很

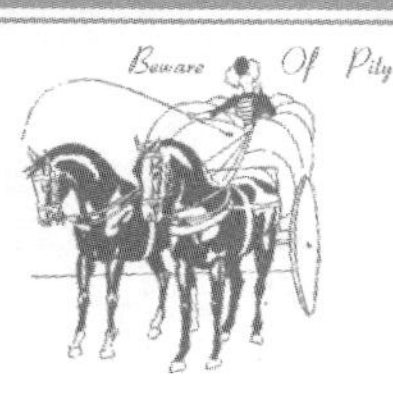

好，正在咖啡館裡和人玩牌。於是我又叫伊蘿娜去看看你到底是為什麼要對我們這樣無禮……是不是我前天得罪了你……我有時候是太放肆的……你知道，我在你面前什麼都承認，並不覺難為情……而你竟用那些無聊的謊話來對待我！你竟一點不覺可恥嗎？」

我正要回答她的話─我覺得應該鼓起勇氣來把一切實情告訴她才對─但她又迫不及待地繼續說：

「請不要再編故事！─不要再撒新謊了，我受不了啦。我已經被謊言填塞得滿滿的，從早到晚謊言不斷地向我堆來，什麼『今天你的氣色好極了，今天你走得好極了……真的，你好了很多很多！』─他們一天又一天地這樣對待我，從來沒有一個人想到我快要氣悶死了。你為什麼不乾脆告訴我昨天你沒有工夫來或是你不想來？我從來沒有要你非簽名報到不可，你要是打個電話或送個信來，坦白地說想和同事到什麼地方痛快玩玩，不能來了，那我將比什麼都高興。你以為我傻到不知道你天天來這裡陪我玩骨牌是多麼厭煩，不知道一個成年人是情願去騎騎馬散散步而不願坐在一個跛子的輪椅旁嗎？最使我嫌惡使我不能忍受的事，就是藉口、哄騙和撒謊─我對這些痛恨得咬牙切齒。我並不像你們大家所想的那麼無用，我很能面對

現實，前幾天我們所僱的一個女僕來頂那年老去世的一位的缺。她來上工的第一天，還沒和任何人交談之前，看見我拄著拐杖被人扶到輪椅上去的時候，她驚嚇得把手中拿的掃帚都掉到了地上，並且不由得喊著：『天哪！這麼有錢有貌的小姐竟是位跛子！』伊蘿娜像野獸似的向她撲過去，要開除她，趕她出去。但是我呢？我卻喜歡她這樣坦直，這女人的驚嚇使我很舒服，因為突然之間看見我那樣子而嚇得叫了起來，正是一種誠實的表現，人性的流露。我立刻給了她十個庫郎，叫她到教堂去為我祈禱。那一整天我都覺得開心，因為總算第一次知道了別人看見我時真正的感覺是怎樣。

但是你們，你們所有的人總以為用那虛偽的態度對待我是為我好，難道我頭上沒生眼睛嗎？難道從你們的做作掩飾中，我看不透你們內心的感覺也正和那女僕的驚嚇一樣嗎？我恨透了你們的假慈悲！我完全知道你每次走出這門，讓我像死屍一般躺在這裡，你就會解脫似的鬆口氣……我知道你怎樣翻瞪著眼睛嘆著氣說：『這可憐的孩子！』每次你花一兩個鐘頭的時間來陪陪我這可憐的殘廢人，你就像做了件好事似的得意非凡，但我不要你的自我犧牲，不要你這種每天定量施捨的同情——我把你這珍貴的同情看得一文不值，乾脆一句話，我告訴你，沒有你的同情我照

樣可以活。你如果願意來，那就看在上帝的面上來吧，如果不願意，也就別勉強；可是要坦白誠懇，不要編故事，找藉口，再說什麼考察新馬！我受不了……再也受不了你這種可恨的敷衍！」

她越說越激動，最後幾句話簡直等於對我怒吼，目光炯炯，臉色青青，可是忽然之間又怒氣全消，精疲力竭地把頭仰靠到椅子背上，血色也漸漸回到發抖的唇上。

「好啦，就是這樣！」她有點害羞似的低聲說，「我早就該說的，現在總算把話說開了，從此以後不要再提。給我──給我一枝香煙。」

這時有股奇異的力量到了我的身上，我好像成了個被人操縱的傀儡，甘心接受著控制。剛才那場意外的大發雷霆，把我驚嚇得好像四肢都癱軟了，我從來沒有這樣膽顫心驚過，好不容易才從煙盒取出一枝香煙來，然後去劃火柴。我的手指抖得那麼厲害，拿不穩那根劃燃的火柴，使它在空中晃來晃去，終於晃熄了，再劃一根還是沒把香煙點著便滅了。我這顯然的慌張失措，不用說引起了她的注意，她忽然用一種和剛才完全不同的平靜的聲音溫柔地問著：

「你怎麼啦？你在發抖。什麼……什麼事這樣激動你？……這到底是怎麼回

事？」

那火柴的小火焰又熄了，我一聲不響地坐下來。

「你怎麼會為那些孩子氣的胡言亂語這樣激動？」她衷心煩惱不安地喃喃著說：「爸爸說的一點不錯，你真是一個……一個非常……非常奇怪的人。」

這時背後傳來一陣輕微的嗡嗡聲，是那昇降機上來了。約瑟夫打開門，柯克斯夫帶著他那每逢走向他的孩子便特別明顯的歉疚笑容和斜傾的肩膀走出來了。

我站起來招呼著柯克斯夫，他困惑不安地向我點了點頭，於是俯身去吻著薏迪的前額。接著是一陣奇怪的沉默，這房子裡的每一個人似乎都能感覺出別人的每一件事。這老人一定是走來立刻察覺了我和她之間的緊張氣氛，一直低垂著眼睛，不知怎樣才好，恨不得要逃跑似的，最後還是薏迪設法打破了這冰塊。

「你看，爸爸，赫米勒上尉是第一次到這平台上來呢。」

「是的，這裡真是好極了。」我一面說一面感覺著這話的平淡無味，立刻又陷入沉默之中。為了掩飾自己的不安，柯克斯夫彎身俯向他女兒的輪椅。

「在這平台上，恐怕過一會就對你有點太冷了，我看還是下去吧。」

「好吧。」薏迪答應著。這對於我們大家都是一種解救，於是每個人都去為一

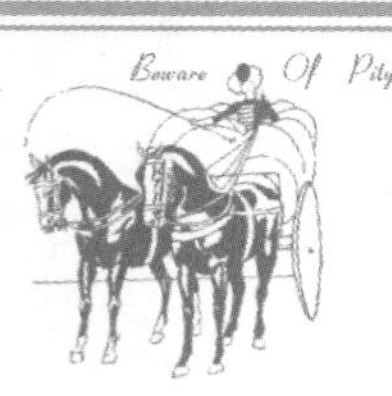

些瑣事忙碌著，像收拾書籍呀，給薏迪披上圍巾呀，搖那像別處一樣放在桌上的叫人鈴呀……不一會約瑟夫推著病人的輪椅走進昇降機裡去了。

「我們隨後就來，」柯克斯夫對他女兒無限疼愛地揮著手說，「你也許要換晚餐的衣服，同時我和上尉也可以在花園裡散散步。」

昇降機的門關上之後，那病人的輪椅像落進墓道似的降下去了。老人和我都不由得趕快把視線避開，彼此默然無語，但我忽然發覺他怯怯地向我身邊走過來。

「上尉，你如果不介意的話，我有點事情想同你談談呢……就是說想請你幫個忙……我們到事務處我的辦公室裡去談好嗎？我的意思是說，要是不太麻煩你的話……當然，在園子裡散步談也行。」

「柯克斯夫先生，有什麼事請吩咐吧，要是能為你效勞，是不勝榮幸之至的。」

這時昇降機又上來載我們了。我們一到下面便穿過園子往那一排車房的事務處走去。很使我驚異的是柯克斯夫在自己的家中竟那麼閃閃躲躲地走路，並且唯恐被人看見似的靠邊而行，我跟在他後面，不由得也像他一樣輕輕悄悄地走著。

在那望去早該粉刷的一排平房的盡頭，他開門請我走進他的辦公室，那裡面的佈置和我在軍營的房間差不多，一張便宜貨的寫字檯，一把破舊的椅子，在那壁紙

污損的牆上掛著兩張多年不用的圖表，連那發霉的氣味也使我記起軍營中的辦公室。

最近這幾天我增進了多少見識呵！現在我一眼便看出這位老人是只對他的孩子儘量供給舒適豪華的享受，而私下裡自奉卻儉約得像個老農，他在我前頭走著，我第一次看見他那黑上衣是多麼破舊，兩肘已經磨得發亮了。他最近的十年或十五年來，一定是一直在穿它。

柯克斯夫把這房中唯一的一張有扶手的黑皮椅子向前拉了拉，溫和而又堅持地說：「請坐，請坐下來談。」並且不等我推讓，他已另拉過一張折疊椅自己坐了，這時我們兩個人面對面地坐著，他可以開口說了。我急迫地想聽聽這位百萬富翁有什麼事會要我這小軍官幫忙呢？但他一直低著頭，像在端詳他的鞋子似的同時從那彎屈著胸部發出粗沉的呼吸聲。

最後總算抬起頭來了，滿額頭的汗珠，他把水氣模糊的眼鏡取下來擦著，這使他的臉完全變了樣，顯得更沮喪可憐，尤其那眼神正如一般取下眼鏡的近視眼那樣顯得非常癡呆黯淡，從他那眼圈的浮腫，我看出他一定是位失眠症患者。一股憐憫的同情又油然在我心中升起，覺得自己所面對的已不是大富翁柯克斯夫，而只是一

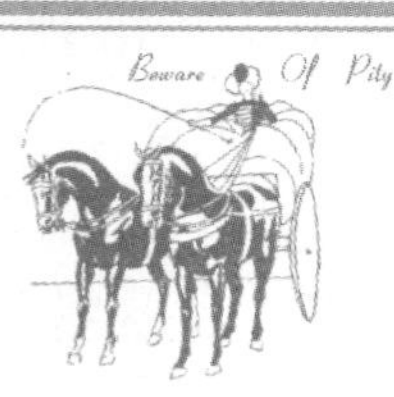

位被沉重的哀愁壓得抬不起身來的老人。

他清了清喉嚨，開始用一種低啞而尚能自制的聲音說：「上尉先生，我想請你幫個大忙……當然，我知道這是很冒昧的……你剛認識我們不久……你可以不答應……這也許是種不情之請，可是我第一次看見你，就覺得你是位可信任的朋友，從直覺上知道你是位好人，隨時想伸手助人的好人。的確，的確你是位好人，你有種使別人信賴的力量……有時我簡直認為這是天意叫你來……使我有個可以吐露心事的人……我要同你談的倒也並不是什麼重大事情……你看，也沒問你是否願意聽，我就這樣嚕嗦不完了。」

「那裡的話，當然願意聽。」

「謝謝……一個人年紀大了，看人一眼就能看透的。我有識人之明，這是我妻子教的（上帝安息她的靈魂），她棄我去世是我第一樁不幸……可是我有時又想，她沒有看見我們孩子的不幸也好……她受不了。妳知道嗎？這是五年前開始的……我再也想不到會拖這麼久。一個活蹦亂跳的孩子突然之間一下子就完了……我們一向是信賴醫生的，常在報上看見什麼絕症治癒的新聞，什麼換心、換眼的奇蹟……心想治好一個原本健康的孩子的病，一定不是什麼難事，所以開頭我並不怎樣驚

慌，這也是因為我從不相信上帝會使一個無辜孩子永遠受苦。要是這災難落到我的身上，倒也罷了——因為我的腿帶著我奔走得已夠久，以後也沒大用處了；再說，我過去不能算個好人，作過很多壞事，我曾經……看我說到那裡去了……我是說這病生在我身上還有可說，上帝為什麼把懲罰的範圍這樣擴大，找錯對象，把一個無辜的孩子……雙腿忽然癱瘓，醫生說是由於桿狀細菌，但這名詞有什麼意義，誰能體會一個活潑的孩子忽然躺在那裡不能動了，一位父親在一旁望著她無能為力的那種滋味？這是誰也不能領會的。」

他猛然抬起手來，用手背抹去額髮上的汗水。「當然啦，我到處尋找名醫，把所有的名醫都請了來，他們會診，討論，說拉丁文，各人有各人的看法和治法，他們都說有希望，都說有辦法，都拿了出診費走了，病狀仍然如舊。自然，也不能說完全沒有進步，最初她只能平躺著，全身都麻痺，現在至少上身恢復正常，腿也能架著走動了……但誰也不能給她徹底治療，都是聳聳肩膀勸說著忍耐、忍耐、忍耐……其中只有一位堅持著要把她治好；只有一位，那就是康特醫生……不知你聽說過沒有？」

我回答說不曾聽說過。

「當然啦，你這麼健康的人怎麼會聽到醫生的名字，再說他又不是愛出風頭的……他並沒有什麼了不起的頭銜……但他的確是位出色的醫生，不尋常的人。他對於別人也會治的普通病症沒有什麼興趣，大家都束手無策的重病，他最熱心診治，當然像我這樣不學無術的人也不能斷定他的醫術的確比別人高明，但我知道他是位好人。第一次是我妻子病重的時候，別的醫生都拒絕用藥了，只有他不放棄治療的希望，直到最後最後，送終為止。我看出他為挽救病人的生命，怎樣在努力奮鬥。他有一種……我這樣說不知對不對……他有一種克制疾病的熱情……他不為名，也不為利，他根本想不到自己，只想著別人，那些在受病苦折磨的別人……呵，他的確是位了不起的人。」

老人說得激動起來，那充滿倦意的眼睛也忽然有了光亮。

「一位了不起的人，他把他經手的病，都看作自己的責任，要是無能為力就覺得歉疚。就為了這個……說來你也許難以相信……有一次他答應一位快要失明的女病人一定可以把她醫好，結果她還是成了瞎子之後，他竟娶了她。你想想看一位年輕人娶一位比他大七歲的盲女，並且一點也不好看，性情又乖張，現在完全成了他的負擔，而她並沒有絲毫感激的意思。………這就可以表示出他是怎樣的人了。…

……我找這位醫生的時候，你不知道我多高興，他照顧我的孩子就像我一樣無微不至，要是有人能救她，那一定就是他，上帝讓他能夠吧！」

老人握著自己的手像在禱告似的，然後又把椅子更拉近了我。

「上尉先生，我想請你幫個忙。我剛才說過康特醫生是怎樣富於同情心的……就是因為他是這樣的一位好人，我有點不安……我怕他為了顧忌我的感覺不肯把實情告訴我……他總是安慰我說有希望有進步，最後一定會復元……但是問他還有多久才會好呢，他卻總不肯正面答覆，只說要有耐心。……我又想知道個確實，因為我這麼老了，又有病，我要知道還能不能活到看見她復元，完全復元……上尉先生，我實在不能再這樣拖下去，實在受不了啦。」

情緒太激動了，他站起來向窗口走了兩三步。這情形我早就見過，每次淚水湧上來時，他就要這樣趕快轉身走動。他也是拒絕別人的憐憫——他多麼像她呵！他伸手到那破舊黑上衣的口袋裡掏出一條手帕，假裝去擦額頭上的汗，但這有什麼用，我早已看見了那發紅的眼圈。他一遍又一遍地來回走著，最後像要跳水的游泳者似的深深吸了口氣說：

「對不起……我又這樣滔滔不絕了……我要說什麼來著？呵，對啦，明天康特

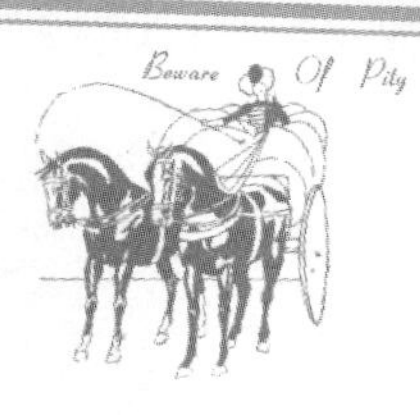

醫生又要從維也納來了……他打電話來約定的……他每隔兩三個星期就來看一次……他要是能留在這裡，要多少錢我都願意付，但他總是說有這事那事地不肯……明天他要來了，下午給薏迪診察，吃過晚飯搭夜車回去……我忽然想起：要是有個完全不相干的陌生人隨便地問起……就像普通打聽一個熟人的病況那樣……問問薏迪的病，在他看來到底能不能治好，完全治好，大概要多久……我覺得他不會對生人講假話的……他不必顧到你的感情，也就用不著隱瞞什麼。他對我說話總有點保留，因為我是這孩子的父親，又老又有病，他知道不好的消息會撕碎我的心……但是你問的時候，一定要裝著隨便談起，像一個生人那樣……你可願意為我做這件事嗎？」

我怎麼能拒絕呢？這位老人在我的面前，瞪著眼睛把我的回答作為最後希望似的等待著。我當然是一切都答應了，他感謝地向我伸出手來。

「我就知道！自從那次……你回來看這孩子，我就立刻知道有個人能了解我，能幫我的忙，能為我去問他了……我發誓絕不告訴任何人，無論現在或是以後，無論是薏迪，是康特醫生，或是伊蘿娜，都絕不讓他們知道……只我一個人知道你為我幫的忙多麼重大。」

「這實在算不了什麼……不過是件小事。」

「不，不是件小事……這是幫我個大忙……的確是很大的幫忙，如果……」他的聲音忽然變低，喃喃地說，「如果有要我效勞的地方，我一定……」

大概我的表情有點異樣，他忽然趕快改變聲調說：

「呵，請別誤會，我不是說什麼物質方面……我的意思是我認識的人多，你在軍營中也許有需要人情幫忙的時候，據說現在做什麼都要背後有人支持才好……誰都難免有時候……好啦，我要說的就是這些話。」

看了他向我表達好意而那麼驚慌的樣子，我覺得非常於心不安。他一直低垂著的眼睛，這時仰起來惶惑地望著我，並且把剛才摘下放在一旁的眼鏡，拿起來戴上。

「最好，」他喃喃地說，「現在我們就過那邊屋裡去吧，不然，蕙迪會納悶我們為什麼離開那麼久……照顧她真不容易，自從得病之後，她的感覺……比任何人都來得靈敏，她躺在臥室的床上，對於家裡的每件事都知道。還有，別人要說什麼話，幾乎不等開口，她已經明白了。所以，我們還是快點過去吧，省得她起疑心。」

柯克斯夫叫我裝作漠不關心的樣子，去向一位尚未見面的醫生探聽蕙迪的病情，我曾說這是算不了什麼的小事。小事的確不錯是小事，但是對於我卻有著說不出的重大意義，因為自己一向只在軍營中做些公務，這是第一次私下裡受人之託，使我那年輕人的自尊心得到了無上的鼓舞，也可說這是軍官身份之外的那個內在的我初次遇到出頭露面的機會。柯克斯夫在他那麼多朋友之中，單單選中了我這個認識不久的人加以信託，這實在比過去得到的任何獎勵都來得光榮重大。實在說來，我的感激之中，也多少夾雜著些驚愕，因為直到這時我才發覺自己的憐憫是多麼缺乏真感情和想像力。我成了這家庭中每日必到的常客已有幾星期之久，怎麼連一個最自然的問題都未想到過呢？就是說：這可憐的女孩要癱瘓一輩子嗎？她的跛腿竟會永遠無藥可醫嗎？這種念頭想也不曾想過，只是死心塌地當作事實來承認著，我的同情也未免太膚淺了。現在看了這老人的焦急期待，經過多年的痛苦打擊仍不減退的求治熱情，我忽然感到一種刺心的慚愧，不由得也在想像著：要是醫生真能解除了這孩子的苦難呢？要是那麻痺的腿有一天又能自由活動，在她自己的笑聲中歡樂而感謝地又跑又跳，那將是怎樣的情景？要是我們兩個人或三個人一齊騎馬到郊外馳騁，不再這樣總是關在屋子裡，那將多麼逍遙自在？這些事情真是越想越令人

陶醉，於是我也迫不及待地希望快點看見那位古怪醫生採聽點消息，並且覺得在自己生活中還從未有過決定性的時刻是如此重要。

所以第二天我特別安排了外出假，比往常更早地到了柯克斯夫家裡。伊蘿娜出來迎接著我，她說醫生已經從維也納來了，正在給蕙迪做特別檢查，要很久才能作完，就是做完了，她也怕累得一時不能出來，所以只好由她陪我閒聊了。從她那悠閒的口氣中，可以看出柯克斯夫果然沒有把我們的計劃洩露給她，這使我說不出的得意，因為一個人如果知道自己是唯一和別人分擔秘密的人，是很能滿足虛榮心的。不用說，我留下來了，我們下棋消磨著時光，過了很久，柯克斯夫才和康特醫生談著話走進來。

康特醫生給我的最初印象很使我失望，這當然也是常有的事，因為對於未見面的人，聽說他的好處太多時，往往把他想像得過分完美，不自覺地陷入一種謬想，以為造物者對於傑出的人物除了內在的優異外，還同時給他一個非凡的儀表，使人能夠一望而知。現在來到我面前的卻是位其貌不揚的矮小人物，身胖頭禿，眼睛近視，發縐的衣襟上沾滿香煙灰，廉價鏡片後面的目光，望上去那麼疲倦無神。不等柯克斯夫介紹，他已向我伸過手來，匆匆一握，立刻又轉身去點燃香煙，伸著懶腰

說：

「噯，噯，總算又回到這房間裡了，親愛的朋友，老實說，我餓極了，最好立刻就有點東西吃。如果吃晚飯還有一會，希望約瑟夫能先給我一些點心。」他坐到沙發上之後，又說：「我總不能記住這下午的特別快車是沒有餐車的，真是糟糕！」正說著，約瑟夫端著餐盤進來了，康特醫生立刻站起來說：「約瑟夫太好了，總是這麼守時！還有，你們的廚子也真了不起！」一面說一面走向餐桌，不等我們入座，他已經打開餐巾舖在膝上，開始急忙地去喝湯了，吃飯中間，他一句話也不說，似乎整個注意力都集中在食物上，那近視眼除了俯視著面前的碟子，便是去端詳那些名酒瓶上的標籤。

因為他這種大吃大喝旁若無人的樣子，我正好仔細端詳他的相貌，在圓圓的臉上，兩隻小洞似的眼睛，一個瓶子似的鼻子，紅面頰上長滿發青的鬍子，雙重下巴連著肥短的脖子，那樣子像極了一個好脾氣的有福之人，這種人的思想往往是不會超出飲食之上的，真不知將怎樣從他口中探問出我想知道的消息。過去我常聽說一些名醫的傲慢無禮，因此對於眼前這位老粗不由得也生出一種反感，開始保持著一種慍怒的沈默。但不管別人的反應如何，康特醫生還是不願意在我們面前有一點拘

束！我們離開餐桌又回到客廳去喝咖啡的時候，他打著飽嗝投身坐到薏迪的椅子上去。那是為病人特製的安樂椅，有種種方便的設備，圍繞著活動的茶几，旋轉的書架，平時看慣了嬌小的女孩坐在那裡，現在忽然換上一位矮胖的男人，實在覺得不舒服，我坐在一張轉椅上，轉來轉去，幾乎以背相向，才覺舒服。而柯克斯夫卻和我正相反，他不停地在醫生身邊照料，看他需要的香煙火柴和勃蘭地酒齊全了沒有。而醫生呢，卻全不在意我的冷淡，也不理會他的殷勤，只在變動著姿勢盡量尋求舒適，等他仰靠在椅背上吸完一枝煙喝完兩杯咖啡之後，忽然望著柯克斯夫嘲弄似的說：

「喂，老先生，急壞了吧？我知道你等不及讓我從容報告。但你該知道我是不喜歡一面吃飯一面說話的，並且我也實在太餓太累了。

從早晨七點半開始跑來跑去，一直沒有休息過，不但胃空了，連腦汁也像絞乾了，現在總算好了。」他猛吸了一口煙，接著吐出一串藍色煙圈，又說：「讓我們來談正事吧。檢查結果樣樣都好，比上次可說有些進步，還是那句老話，我們應該滿意了。只是有一點……」他又取出一枝香煙來吸著說，「她的情緒方面，我發覺有點變化。但是，親愛的朋友，求求你，別緊張，好不好？」

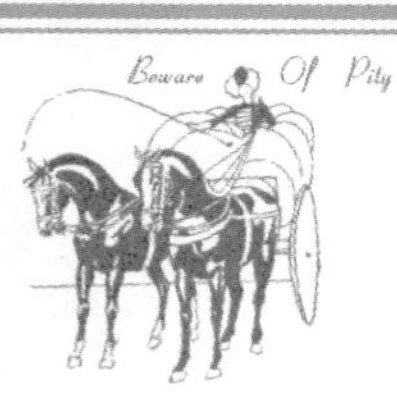

儘管他這樣不客氣地警告著，柯克斯夫還是非常驚慌，我看見他手中的茶匙開始顫抖起來。

「變化……你指的是什麼……那一類的變化？」

「看你，又來了；變化就是變化。我並沒有說壞的變化，別胡猜亂想，好不好？我一時也弄不明白是什麼變化，只覺得有點不大一樣。」

老人手裡仍然拿著那發抖的茶匙，顯然是連放下的力氣都沒有了。

「什麼……什麼不大一樣？」

康特醫生抓了抓頭髮說：「噯，你真囉嗦！不是告訴了你，我也不大明白嗎？你一定要打破砂鍋問到底，那麼我就再說清楚點，這變化與她的病不相干，是關於她的心情，我也不知是什麼總覺今天有點不對勁，我第一次感覺到她對我有點不信任了。」他又拿起一枝煙來吸著說，「我們最好坦白地談一談，請問你，是不是在我來之前，你找過別的醫生了？」

柯克斯夫驚慌失措的跳起來說：「天哪，康特大夫，我可以用我孩子的生命發誓，絕無此事。」

「很好，很好，別對我發誓，我完全相信你……看來也許是我弄錯了，不

過，一定有點事故，很奇怪。」他又斟上第三杯咖啡。

「她到底有什麼不對勁？怎麼變了？你的意思是指什麼？」老人舌乾唇焦地追問著。

「親愛的朋友，你實在煩人，我已經向你保證了，用不著擔憂。如果是什麼嚴重的事，我絕不會當著生人的面，坐在這安樂椅上同你談的……呵，上尉先生，對不起，我說生人並無惡意，千萬別多心。」

他靠在椅背上閉目養神地休息了一會，又說：

「的確，很難說出是什麼樣的變化，因為那是只可意會難以言傳的。在長期治療中，醫生和病人之間，往往形成一種超乎尋常的密切關係，這關係中包含著互相抵觸起伏不定的信任和不信任。總之，有一點異樣都會覺得出，不過這種感覺是很微妙的，就像自己用慣的打字機之類的東西，借給別人用後再拿回來，就覺有點異樣，雖然說不出是什麼地方不對了。上尉先生，你對馬匹想來也有這經驗，自然我這比喻有點粗野，但只有這樣才說得明白，我為什麼想到蕙迪也許是又看過別的醫生了。」

「到底是怎麼啦？………有什麼現象？」柯克斯夫不管醫生怎樣解釋，還是急

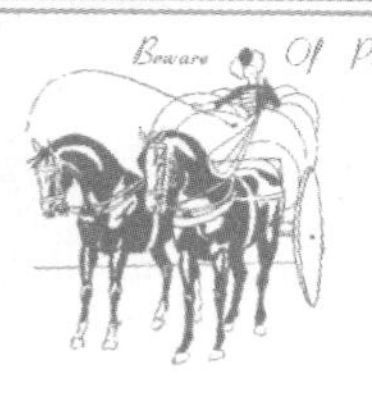

得滿頭大汗地追問著。

「有什麼現象嗎？難說得很。在做藥物治療的時候，我就發覺她有點不耐煩，還沒開始，她就堅決地說沒有用，雖然過去她也有亂發脾氣的時候，但從來沒有對我說過這種話。不過也或許是一時心情不好——這是誰都會有的。」

「這……這不會是壞現象吧？」

「你到底要我做多少次斷定呢？如果有什麼不好的現象，我是她的醫生，還不是像你一樣地著急嗎？可是，你看，我此刻一點也不緊張，相反地，對於她的反抗，我都認為是怪有趣的事，因為急切不安也正是生命力的象徵。我們做醫生的人並不是一味要病人服貼，有時病人的執扭暴躁反而產生了合作效果。人的精神力量是不可思議的，所以我不但不怪她，甚至在想要是有人在這時候給她做新法治療的試驗，這倒是很好的時機……不知你們是否了解我的意思？」他抬頭望了我們一眼。我不知不覺地回答了一聲：「當然了解。」

這是我對他開口說的第一句話。

但那老人卻一直無反應，仍呆坐在那裡出神。我覺得他對於醫生的話，似乎完全沒有聽進去，因為他心中的憂慮都集中在一個問題上，就是：她有醫治好的希望

嗎？快不快？什麼時候？可是當醫生說到「新法治療」的字眼時，好像對他迸出一陣希望的火花，他又激動得結結巴巴地說：

「但是……但是……什麼新法治療呢？」

「親愛的朋友，這是醫生的事，讓我去設法決定怎樣做和何時做吧。別再囉嗦下去，逼著我創造奇蹟吧。」

老人悶聲不響地望著他，我看得出他是好不容易才忍住了繼續發問。過了一會，醫生也像注意到了這種緊張的沉默，忽然站起身來說：

「好，今天該夠了。我已經把我得到的印象都說出，再多說就是要江湖賣膏藥了。蕙迪最近也許更煩躁，用不著擔憂，我會儘快想辦法的。你應該做的事是別老在病人面前露出惶惶然的樣子。還有一樣，就是要當心你自己的身心健康，你這種過分焦慮不但對於你女兒的病無益，反而白白損傷自己的身體，今天晚上吃點鎮靜劑，早點上床去睡，明天精神會好些。就是這樣。我吸完這枝煙，就要動身回去了。」

「你當真……當真就要走了？」

康特醫生堅決地說：「是的，朋友。今天談夠了，晚上我還有別的病人要去

看，我從早晨七點半到現在還沒有休息過。

早晨是在醫院裡——我們有個奇怪的病案，但是不談它了——隨後是坐火車出診，一下午是在你這裡過的。雖說醫生是屬於大眾的，但我們有時也需要吸吸新鮮空氣，清清頭腦，所以現在請你不要派車送我，我要步行到車站，活動活動筋骨，剛好又有月亮。當然我並不想把這位年輕人也帶走，如果你不想聽醫生的勸告，早早去睡，他還可以留在這裡陪陪你。」

突然間，我記起了自己受人之託的任務，急忙接口說明天一早有事，早就應該告辭的。

「那麼，既然你不反對，我們就一塊走吧。」

這時柯克斯夫那灰暗的眼睛第一次露出光芒，顯然他也記起了對我的託付。

「好，我也就要上床去睡了。」他語調平靜地說著，躲在醫生的背後，向我深深地望了一眼。我們默默地走到大門口，回頭關門的時候，不由得又望了那大廈一眼，在晶瑩的月色中，它好像整個塗了一層燐，閃閃發亮，尤其那些窗玻璃光芒四射，簡直使人分不清那照耀的是裡面的燈火，還是外面的月亮。大門砰地一聲關上之後，我們的沉默才打破，康特醫生忽然轉向我溫和地說：

「可憐的柯克斯夫——我知道他是希望我再多留幾小時，再問我一百個問題，或是把同一問題再問上一百遍。我時常責備自己，不該對他過於暴躁無情，但他的囉嗦實在叫人受不了，忍不住要發脾氣。你知道，我們做醫生的，難處不在對付病人，儘管他們也愛向我們訴苦抱怨和發問，但我們早有心理準備，也知道怎樣寬慰他們，怎樣哄騙他們。最可怕的是那些夾在醫生病人之間的親友。他們總是把自己的病人視為世上唯一的病人，覺得醫生應該把全付精神通通集中在他一個人的身上。我倒也並不十分介意柯克斯夫的追問，但經常如此，總使人有時要失去耐性。譬如有好多次我告訴他，城裡有個嚴重的病人，已到生死關頭，我非去照顧他不可，他知道了還是電話不停地來麻煩我，好像非要隨時從我身上榨出一點希望來不可。我是他的醫生，明知這種焦急對他不好，但勸他總不聽，其實我比他還要急，好在他還不知越來越壞的事實真相。」

我吃了一驚，事實真相怎麼越來越壞了？我想探聽的事，他竟這麼容易地衝口說出了，但我更進一步地想知道得多些，便說：

「大夫，這真叫人難過——我竟不知道薏迪的病在惡化。」

「薏迪？」康特醫生吃驚地轉問我，好像他這時才發覺是和人談話，而不是自

言自語。「你這話什麼意思？我沒有提薏迪呀！你完全誤會了——薏迪的情況是完全穩定了。（糟的也就是穩定了。）我擔心的是柯克斯夫自己的健康，一天比一天壞，你沒覺出他最近幾個月變了很多嗎？他滿臉病容，越來越明顯了。」

「呵，這我當然不會知道……因為我是最近幾星期才有幸認識他，並且……」

「呵，對，這樣你當然不會覺得出的……不過，我是認識他多年的，今天看見他的手，使我嚇了一跳。你有沒有看見他的手瘦得全是骨頭，已經透明了。你如果常見死人，就知道這種青白顏色在活人身上是很嚴重的病狀。還有他那過份的傷感，動不動便淚流滿面，也是不好的現象，過去那麼堅強的人，忽然如此脆弱，是一種反常現象。我早就想提議，叫他去做全身檢查，但我總不敢說出口，因為讓他知道自己有病，說不定什麼時候會拋下那孩子而去世，那簡直是不堪想像的事，他自己心裡也未嘗不明白，但他諱疾忌醫，不願面對事實……上尉先生，你剛才誤會了我的話，我擔心的不是薏迪，而是這位恐怕不久人世的老人。」

「噯呀，太可怕了！這麼一位傑出不凡而又慷慨慈祥的人—這麼一位我初次遇見的真正貴族、紳士的典型會……」我衷心感歎地這樣說著的時候，想不到康特忽然站住了望著我問：

「你說什麼？………貴族？紳士？對不起，上尉先生，請問你是不是開玩笑，說反話？」

我不明白他的意思，但知道我剛才的話大概有說錯的地方，於是惶惑地回答說：

「這也只是我個人的想法，我覺得柯克斯夫隨時隨地都表現得非常文雅和藹，可親可敬，很有教養的樣子，我……我……」

我說不下去了，因為康特醫生一直在盯著我望。他看見我忽然住了口，才挪開視線，低下頭說：

「真奇怪，你不是說和這家人來往了幾星期了嗎？怎麼還會把柯克斯夫當作貴族紳士？難道你在同事中就沒聽說過什麼嗎？」

「沒有，我從來沒有和誰談論過柯克斯夫。」

「奇怪，我常想他為什麼說到你的時候那麼興奮？今天我該可以弄個明白了。坦白地說吧，我不相信你只是為了最初那一點小錯誤和後來的友誼同情而一再到他家去玩的。我認為你如果不是一位別有企圖的野心家，便是一位天真無知的年輕人。因為悲劇和驚險對年輕人往往有一種特別的吸引力。

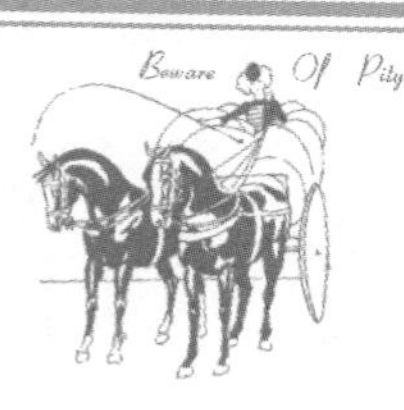

今天見面之後，我完全肯定了你是屬於後者。不過，一個人總應認清自己所接觸的人，雖然別人的閒話不足聽信，但你無論如何不能稱他為貴族或紳士。」他像在回想什麼似的，低頭走著，我也不便打擾地保持著沈默。過了一會他又繼續說：「上尉先生，也許我不應該多嘴，但事情說了一半更會引起誤會。我是認識他多年的人，我的話也許能使你的認識比較正確，對他的評判也比較公平。你願意聽的話，我們可以找個地方坐下來談談，反正有的是時間，我的火車要一點二十才開。」

這正是我求之不得的事，於是我們加緊腳步向前走著，看到第一個小酒店便走了進去。要了兩杯白酒，在一個角落的位子上坐下，康特醫生端起酒來喝了一口，說：

「也許還是從頭說起好。你以為是貴族的這位朋友，實在是出生在匈牙利邊界的一個窮苦的猶太人家，他父親有一點點田地，又在路旁開了家小酒店，招待那些過往的車夫樵夫之類的人，柯克斯夫從小便服侍這些酒客，幫忙家事。後來父親在酒客互毆中受傷去世，母親帶著小的孩子出去給人洗衣接生，柯克斯夫也總算在一家商店中找到了打雜的工作，經常這一村那一村地去跑。在別的孩子正無憂無慮玩

彈子的年齡，他已經記住了貨物的種類和價格，知道了怎樣去買，怎樣去賣，並且一心要變得比別人更精明更能幹。有一位猶太教師見他聰明好學，抽空便教他讀書寫字。他在十三歲的時候已經能為律師做文書工作，替商店結算帳目，找些外快，貼補生活，並且經常坐在路燈下通宵讀書。

他怎樣離開那鄉村到維也納來的，我不大清楚。他在這一帶出面活動，是二十歲，已經做了一家很有聲望的保險公司的經紀人，同時還經營著種種業務。好像他無所不知，無所不做，成了各種行商和顧客的中間人，有名的掮客。最初大家有點討厭他，但不久便發覺這求供之間橋樑的重要，變成了依賴他。於是他的財產和野心隨著他的知識經驗和聲望，一天天增加，他野心無窮，不但要保有財富並且要代表財富。他永無饜足地要積錢，但自己不要用錢，永遠是那一件黑外衣和一副眼鏡，而對他的親友卻也肯慷慨幫助。最使我感動的是他除了愛財富之外，還同樣愛知識，隨時隨地不忘讀書，對任何事情都不外行，他不但從貧農變成地主，並且由農而商，由商而工，由輕工業而重工業，最後和政治軍事也扯上了關係。尤其是他和一位意外獲得遺產的孤女結婚之後，他的財產更達到無法統計的地步。

他的婚姻曾引起不少閒話，說他動機欠純正，目的在錢而不在人，但後來事實

證明，這婚事竟意外的美滿。因為一個精明強幹，一個無知柔弱，極端的相反，結合後往往產生出完美的和諧，尤其他們生了一個活潑可愛的女兒之後，他們的幸福也像財產一樣變成了罕見少有的。他們像是怕被別人驚擾，不大喜歡交際，很少宴請賓客，就住在你最近常去的房子裡，從前生活不像現在這樣豪華，但氣氛卻快樂多了。

是不是遭受天忌呢？日正當中，忽然升起陰雲。他的妻子竟得了不治之症的胃癌，發現之後立刻送往維也納醫治，我就是那時候認識他的。我從未見過病人親屬有像他那樣焦急狂亂的，他不惜重金，請來所有的名醫會診開刀，他不承認世上有不可能的事，非要把他妻子治好不可。最後她不出所料的死在手術臺上的時候，他所受的打擊是可想而知的，我再也忘不了他把我們當作一群劊子手怒目而視的狂亂樣子。

經過這次打擊之後，柯克斯夫的生活起了變化。他從小崇拜的是金錢萬能，現在他是以女兒為生活目標了。他為她請了最好的教師，最好的陪伴，最好的僕人，並且把房子裝修得好像宮殿，使宴會豪華得猶如帝王。雖然他本身節儉成性已不能改，但他要他女兒享盡奢華。由於金錢不能挽回他妻子的生命，他開始卑視金錢，

你剛才說他慷慨像貴族，實在也有道理，因為這位本來視錢如命的人，現在確乎是揮金如土了。

看著他那活潑可愛的女兒一天天長大，這位強人的生命逐漸恢復起活力，再沒想到第二個悲劇又落到他剛剛抬起的頭上了。他不能也不願相信他的女兒會變成癱瘓，終身禁錮在輪椅上，他又再度瘋狂地用金錢，用哀求驅使所有的名醫做有效治療。詳細情形不必多說，你看他對我的催逼也可以想像大概了。他不但催逼醫生，聽說他同時還在向醫藥進攻，每天到圖書館閱讀醫學書籍刊物，什麼醫藥發明，什麼臨床試驗，他知道得同醫生一樣清楚。除此之外，還有更可笑的一點，是向神求救，又怕對不同的神，厚此薄彼，有所得罪，他對猶太教和基督教同樣都捐獻了大宗款項。

你看，我告訴了你這麼多瑣瑣碎碎的事，這並不是我愛說閒話，而是希望你能了解那位倔強而被打擊到心碎的老人，忽然遇到你這位真心誠意肯聽他訴苦對他同情的人，那意義是多麼重大。我知道他的固執囉嗦和自我中心，常使好心的人也不能忍受，但你知道了他的個性和遭遇，總比較容易原諒。你把青春活力和坦誠爽朗帶進這個悲劇家庭，實在是做了件好事。但暴發戶和猶太人在別人心目中總是輕侮

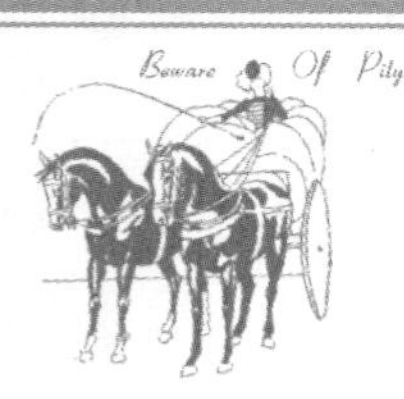

的字眼，恐怕你以後難免受到別人閒話的影響，所以還是讓我先告訴你事實真相，早作心理準備。了解是同情的基礎，我相信我這些話對大家都有好處。」

「當然。」我機械地應答著，這是我在整個故事敘述中，唯一說出的話。因為我不僅吃驚自己看人的錯誤，同時也慚愧自己的幼稚愚蠢，最近幾星期中天天去作客的人家，我怎麼竟從未問起那顯然缺欠的主婦是怎樣去世的？那主人驚人的財富是怎樣發跡的。我怎麼竟沒有看出那朦朧憂鬱的眼神絕不像匈牙利貴族，而正是長期悲苦奮鬥的猶太民族的特色？現在被人指出，我才猛然想起有一次我們的上校回答柯克斯夫的敬禮，是僅僅抬了兩個手指，沒有舉到帽邊便放下來了；還有一次同事中說起柯克斯夫，有人叫他老財奴。現在幕布揭開，什麼都一齊露出，我忽然眼花撩亂，陷入一陣昏眩。

醫生好像看透了我的心情，親切地拍著我的肩膀說：

「你年紀這麼輕，生活環境又單純，怎麼會想到人生是多麼複雜，但正因為你的天真，才能給那可憐的老人和不幸的孩子純真的友情和慰藉。你用不著吃驚害羞，你實在是不自覺地表現了一個偉大的行為。」

他把香煙弄熄，站起來伸了伸懶腰說：「現在到了我應該走的時候了。坐了這

麼久，把腿都坐痲痺了。」

腿痲痺！對啦，這正是我要問而一直忘了問的，我答應了柯克斯夫，是非問不可的。當我們一齊走出門外的時候，我裝作隨便地說：

「康特大夫，你今晚告訴我的故事，實在有趣極了，可是這有趣的故事也更引起了我的好奇心，那老人堅決要醫好他的女兒，到底有沒有希望？也就是說那女孩的痲痺到底能不能治呢？」

康特醫生又猛然抬起頭來注視著我，停了一會才邊走邊說：

「我早就猜到會這樣，每回都是落到這問題上：能治不能治？是黑還是白？好像事情就是這麼簡單。但對於一位負責的醫生，這是從來不用的字眼。你絕不能從我的口中逼出其中任何一個字來。我不敢說什麼病一定能治，也不願說什麼病一定無救。因為今天的不治之症也許到明天就成了可治，醫藥是不停地在進步，所謂不治，只是目前還不能治。」

「你給薏迪的醫治，可不是已經有點見效？」

「誰說的？那不過是他們的心理作用，她的病已到了膠著狀態很難再進步。我被逼著不能不隨時更換一些明知無用的治療方法，安慰他們的精神，支持他們的希

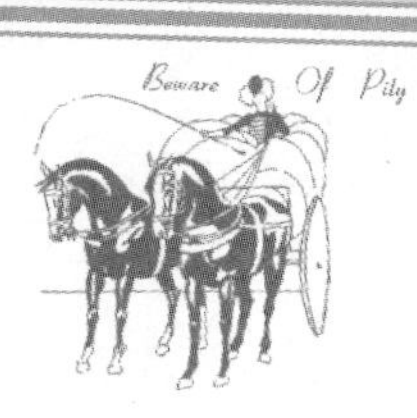

望。我已經哄騙了他們五年，也許還要哄騙五年，但願最後能等到一種新的有效治療。最近醫藥學報上又登載了一篇癱瘓症治癒的病例，說一位癱瘓了兩年之久的男孩，經過四個月的治療，現在已能自己走上樓梯。

這是威那教授所做的試驗，自然非常驚人，我已寫信去要詳細資料，看和蕙迪的病狀有無相似的地方。你看，我對她的治療從未有過放棄的念頭，也沒有一定成功的把握，但什麼都不能讓那老人知道。

我今晚話說得夠多了，謝謝你的陪伴，請趕快回去吧，月亮已被烏雲遮住，說不定會來一場大雨，當心淋濕受涼。」

他說完便急忙地跑進已走到了的車站，我也回頭向軍營方面走去。康特醫生預測得果然不錯，雨點開始滴落了，天色越來越黑，好像傾盆大雨就要臨頭。幸而還只有兩條街，穿過那小公園便是軍營大門了。

小公園中一片黑暗，風吹得樹枝呼呼作響，我越來越快地急走著，快要走到營門的時候，忽然看見樹下閃出一個人影，想來是拉客的妓女之流，雖然嚇了一跳，卻並未止步，越走越近，一個閃電，使我看見了發光的禿頭和金邊眼鏡，原來竟是柯克斯夫。

我幾乎不敢相信我的眼睛。柯克斯夫怎麼會深更半夜在這荒涼的地方出現？三小時前我和康特醫生離開他的時候，他已經是疲倦不堪的樣子，難道他有夢遊病，上了床又起身遊到這裡來了嗎？要不，他怎麼會帽子也不戴外衣也不穿地在風雨中站著呢？我禁不住驚呼著：

「天哪，柯克斯夫先生，你怎麼到這裡來的？為什麼不上床休息？」

「不……我睡不著，——我覺得非……」

「你一定要趕快回家。大雨就要來了，你的車子在那裡？」

「在那邊，營房左邊等我。」

「好極了，趕快！快點走，也許還淋不著。」我看見他還在猶豫，便不顧一切地拉著他跑起來。

「等一下，……等一下，我就走。上尉先生……但是……你要先告訴我……他怎麼說？」

「誰？」一心擔憂著狂風暴雨的來臨，我簡直什麼都忘了。

「康特醫生……你問了沒有？」

我這才恍然大悟，他不是夢遊，而是特地來等候消息。我趕快堅定地對他說：

「一切沒問題，放心回去吧，明天下午我會詳細告訴你。把他說的每一個字都說給你聽。現在趕快上車去吧，雨已經落下來了。」

「等一下……我走不動……到那凳子上坐一會……」

的確他靠在我的手臂上，越來越重，搖搖欲墜，我只好用力把他拖到附近的凳子上，他像跌倒似的坐下，沈重地呼吸著。

那半夜的等待已耗盡了他的體力，但他的固執，絕不是我的支吾言詞所能解除，他不得到滿意的答覆，是絕不會離開這凳子的。於是我又再一次被憐憫擊倒，同情的波浪把理性的堤完全沖垮。我和那老人並坐著開始細談起來，可是談什麼好呢？我怎能據實以告，使這奮不顧身要抓到一點什麼的老人空無所獲呢？於是我斟酌著康特醫生的話，把主要的意思全部遮住，只留下最後隨便提到的那一點。我告訴他：康特醫生已經打聽到一種新的治療方法，是法國威那教授試驗成功的……我的話剛出口，立刻覺得有灼灼的眼光逼來，那疲軟的老人忽然挺坐起來，好像我身上的熱力使他得到溫暖，一下子復活了，照說我這時應該適可而止了，但一個人看見自己的話有這麼大的魔力，又怎能忍心吝惜不言呢？於是我又告訴了他那臨床試驗的成功，像說故事似的敘述著那痲痺了兩年的男孩怎樣治了四個月便能自己跑上

樓梯了。康特醫生正在研究，希望對蕙迪的病也能適用……在夜色中我看不見那老人的表情，但那抓著我的手越來越緊，並且不時聲音迫促地問著：「你想會嗎？」「他真的這樣說嗎？」「他親口說的嗎？」他問得越迫切，我答得越肯定，我已經分不清什麼是真，什麼是假，只覺得我的話使他陶醉，他的陶醉更使我說得得意。我們誰也不再去注意那風的呼嘯，電的閃耀，也忘了是在什麼地方，只緊緊靠偎一起，說著聽著聽著說著。我一次比一次誠懇地向他說：「她不久就會好了，完全好了。」換取他一次比一次高興的驚呼「啊！謝天謝地！」記不清坐了多久，大雨終於打濕了我們的衣服，這才驚覺起身。他已不再疲軟地靠我扶持，竟是比我還快地走在前頭，上了汽車。當我要為他關上車門，和他握手告別的時候，他忽然雙手捧著我的手，俯下身來，吻了又吻，那麼狂亂地表達著他的感謝。

經過了一場感情的激蕩，睡眠似乎特別酣熟。第二天早晨醒來之後，我幾乎完全忘記了昨夜的風雨和那些談話，甚至望著自己的房間，都記不起怎樣走進來睡到床上去的。其實，時間也不允許回想，軍隊生活已經開動，我趕快穿好軍服，跑下樓去，帶隊出發操練了。

一夜驟雨不但洗刷了地面，掃淨了天空，連空氣也更加透明，使遠處的景物也

現出清楚的輪廓，每天必到的操練場所，忽然給人一種煥然之感，人騎在馬上也像特別輕鬆，馳騁猶如翱翔，你會對自身的存在都失去感覺，更別說什麼心情煩惱了。而且自己快樂的時候，常會把一切都看成快樂的樣子，雖然我也模糊地記得昨夜的談話，但已無沉重感覺。操練完畢我又沿著那走慣的道路，高高興興到柯克斯夫家中去了。

我剛一敲門，約瑟夫又像早在等著似的立刻出來了，而那歡迎的聲音像更熱情地說：

「上尉先生，請到塔上去好嗎？小姐們都上去了。」

他為什麼那樣手忙腳亂？那麼滿面紅光？那麼著急地跑著去通報呢？我一面爬著那旋轉樓梯，一面納悶地想著，這位熱情的忠僕今天到底是怎麼啦？

感覺到快樂，總是一件好事，能在雨後明亮的六月之晨，身輕力健地爬著高梯，也是難得的幸福。從那些忽而向南忽而向北忽而向東忽而向西的窗口，我隨走隨看著變換不同的風景，眼界也隨著我的升高越來越大。最後，還有十來步便要踏上平台了，一種意外的聲音卻使我不自覺地停住了腳步，因為忽然傳來一陣輕快的跳舞音樂，還有一個柔美的女低音在哼唱。難道平台上在開演奏會嗎？是誰在歌唱

呢?今天我好像到處發現魔術和奇蹟，但又走了幾步，我就知道自己的愚蠢好笑了，原來那音樂是唱片，而哼唱的是薏迪。但她的聲音怎麼一夜之間竟變得這般甜美快樂呢?可是不容我驚訝多想，她們已看見我在招呼了。

「快來，」薏迪高聲對我喊著，又回頭告訴伊蘿娜，「把唱機關上，快點!」

「總算來了，我們等得急死了，趕快告訴我吧，通通告訴我，一個字也別漏……爸爸說事情總說不清楚……你知道他太激動，不能從頭到尾地細說……你想想，他半夜裡跑了來……我正被雷聲嚇醒，覺得有點冷，又不能起來關窗，正在希望有個人來才好……爸爸的腳步聲就由遠而近地來了。可是他進來後把我嚇了一跳，因為他一點也不像平日的樣子，完全變了。他快樂得像小孩似的，一直笑著衝到我的床邊……你要是看見就好了，他又哭又笑，你想得到嗎?他還會大笑，哈哈地大笑……笑完了才告訴我那個故事，開頭我總不大敢相信……心想也許爸爸在做夢，要不就是我在夢中，……過了一會，伊蘿娜也走來的時候，我們才認真又說又笑地直到天亮。……可是現在你還應該對我們仔細說說……告訴我們……那新治療到底是怎樣治法?」

就像巨浪襲來，把人打得站立不穩似的，這一連串的問話使我完全失了應付能

力，直到聽了最後那句，才算恍然大悟，摸到了一點頭緒，原來我用來安慰那老人的一些縹渺的信念，他已經轉手加強地又灌輸到他女兒心中了。我這同情的奴隸到底把康特醫生那種極端謹慎的談話，渲染成什麼樣子了，竟使一家人歡騰到如此地步呢？現在要怎樣才好呢？

「你猶豫什麼？」蕙迪聲音堅強地問，「你一定知道他說的每一個字都對我是多麼重要。好啦，快告訴我，康特醫生對你說了些什麼？」

「他說了些什麼？」我重複著她的話在拖延時間，「嗯……你已經都知道了……他很樂觀……康特醫生希望能趕快得到詳細的資料。要是我沒聽錯的話，他是準備試一下新的治療。……當然我不大懂醫學上的名詞，也許……。總之，你可以完全信賴他，我敢說他會把一切安排得很好……」

不知她是沒注意我的言詞閃爍，還是不耐煩追究，竟自顧自地說：

「我早就說現在的治療沒用，一個人自己知道得最清楚……你記得嗎？我告訴過你，什麼電療，什麼支架，全是騙人，今天我把那些重傢伙全取下來了，真是舒服！你快告訴我，那法國教授的治法是怎樣的？我一定要到他那裡去治嗎？不能在這裡嗎？呵，我多麼討厭那些療養院呵！自己的病已夠受了，還要看那麼多同病的

人……好，告訴我吧……大概要多久可以治好？真的像他說的那麼快好？真的像他說的那麼快嗎？他打算什麼時候開始？」

我越聽越覺可怕，不能再讓她瘋狂地放縱她的想像了，於是我趕緊改變戰略，說：

「沒有醫生能肯定說多久可以治好的。康特醫生對於這種新治療也只是隨便說起的樣子……他是說希望能採用，並沒有肯定說有效……這也要看個人各方面的情形。總之，我們應該等他來決定……」

我覺得話說得夠明顯了，但她那燃燒著的熱情，立刻摧毀了我的防禦。

「親愛的朋友，你完全不了解他！從他的口中，永遠不會說出肯定的話的。他是過分謹慎的人，可是他如果給你一半允諾，你就可以全部信賴了。你說應該等他……是的，誰都是這樣的，等，耐心地等！但一個人總應該知道要等多久。如果有人告訴我再等半年或一年，我就可以安心地等半年或一年，叫我做什麼都可以……但我總要知道一個大概期限，不能悶著頭等！等！現在，謝天謝地，總算等出點眉目了，你不能想像我從昨夜以來是多麼輕鬆愉快。今天一早我坐車到城裡繞了一圈，好像現在才開始了生活，我不再理會別人怎樣看我談我，以後要每天出去一趟，讓他們看見我的忍耐，讓他們知道我的忍耐就要到頭了！明天是星期天，你沒事吧，我們安排了一個特別節目，要坐馬車到郊外野餐。本來想不告訴你，叫你臨時驚喜一下的，」她轉向伊蘿娜大笑著說：「我們的秘密不要守了！」

快樂的洪流，洶湧氾濫，一開始我便被衝擊得東倒西歪，不久整個淹沒，終於隨波逐流，我也沾染上快樂的瘋狂，度完了週末，又過星期天，我們成了無時不在歡笑的一群，衰頹的老人忽然生氣勃勃，病苦的女孩忽然笑容滿面，伊蘿娜不再緊張，約瑟夫也像卸下了重負，甚至使女、廚娘、車夫的臉色也不再凝重……這奇蹟是由我創造的，我又怎能還固執著過去事實，而不忘其所以地充滿了信心和希望？

我從來沒有度過這麼快樂的星期天，我們不但盤桓在農莊牧場裡吃喝玩樂，傍晚歸來，沿途還訪問了許多識與不識的農家。一個人心中漲滿快樂的時候，看見房子就想進去，看見人就想攀談，好像隨時要打開心懷，掏出那多到將要爆炸似的快樂，揮霍一下，施捨一下，讓別人也能分享。可是歡樂是能繁殖的，越分越多，因而我們也越玩越意氣高昂。晚霞散盡，星月臨照的時候，我才忽然覺得自己也應該像這炎熱的夏日轉為清涼似的，趕快回營冷靜一下了。

拒絕了柯克斯夫的堅留，回到營房的時候，遠遠便望見勤務兵正在房門口等

我。我好像第一次注意到這個圓面孔的樸實的農家子弟是多麼可愛，我決定要給他一點賞賜，讓他也快活一下，今晚、明晚、這一星期的每一晚，我都要放他的假，讓他也出去玩玩。我走近來正要對他說話的時候，他卻先開口了：

「上尉，有封電報。」

電報？我立刻不安起來。誰會打電報給我呢？如果不是重大的不幸消息，怎麼會用這種緊急通知呢？我急忙走到桌前把那等著我的電報拿起撕開，裡面簡單地寫著：

「柯氏催約，明五時請在原酒店候我——康特。」

在幾分鐘的時間，一個人，就能從昏醉步入清醒，這是我初次的經驗。隨著我的手撕電報，那沉醉的美夢也破滅無踪。我立刻認清了我一直拒絕承認的事：這一天的狂歡，不過是用謊言製造的麻醉，因為我那懦弱的同情，我犯下了欺人自欺的大罪。我知道康特醫生是來要我負責對人對己付出欺騙的代價。

我比約定的時間早一刻鐘，到了那前天晚上去過的小酒店，康特醫生果然準時到達，一直走到我的面前，說：

「你很守時，好極了。不過，還是坐到那角落上去比較好，我們談的事是不願

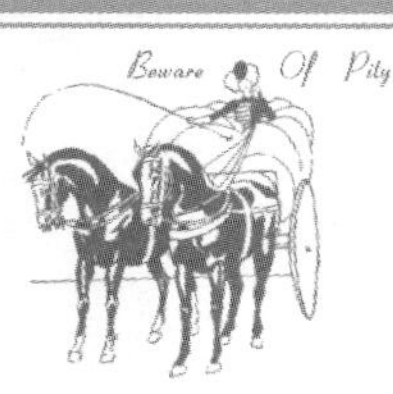

意別人聽見的。」他有點激動，但竭力自制著。他又像那天一樣叫了白酒，把侍者打發開，一坐下便立刻說：

「我們的話要快說，柯克斯夫家裡的人都是迫不及待的，我剛才好不容易擺脫掉那車夫，他要接著我立刻回去的，但我必須先同你談談，把事情弄個明白。我是昨天早晨接到柯克斯夫催我來的電報，又是那些「儘早」「迫切」之類的字眼，我早已習以為常，不再當一回事，但接著今天早晨又收到蕙迪的長信，這卻把我嚇壞了。她那封熱情的信上，開頭便說她早就知道我是這世上唯一能救她的人，現在事實果然證明了，她是多麼欣喜欲狂。她寫這信的主要目的是要我相信她的合作，不管那新的治療是多麼艱難困苦，她都願忍受，只希望趕快開始，她最覺忍受不了的是那像火燒一般的焦急……翻來覆去的就是這些話，趕快……趕快……我對這突然而來的長信，本來有點莫名其妙，直到她說什麼新治療法，我才恍然想起一定是有人把那位法國教授的試驗告訴了他們，而這個人除了是你，還會是誰呢？」

我大概有想為自己辯護的樣子，他急忙揮手更堅定地說：

「現在我們不必爭辯，浪費時間，關於這事，除了你，我沒向任何人提過，如果柯克斯夫現在認為他女兒的病在幾個月內會一掃而光，你是唯一要負責的。自然

我也不好，不該對你多嘴，否則你也不會傳話的，我應該對你多加提防一點的，你們是新交，你當然不會知道他們和一般人不同，很多平凡的字眼到了他們耳中就會完全變質，每個『或許』都會變成了『一定』，所以我們做醫生的給他們輸進『希望』之藥時，要極端小心地控制著分量，多一點就會引起瘋狂的。

不過，這不必多說了，已經做了的事再說也無益了。我要你來這裡，也不是為了教訓你，只覺得你既然插足到我們之間了，我應該開導你，認清點事實。親愛的朋友，知道你聽了我的話會很難過，但我不能不說，軟心腸是無濟於事的，我那天告訴你去要資料的事，回信已經來了，就是今天早晨，和薏迪的信同時到的。他那病況報導，初看似乎和薏迪的有些相同，並且臨床試驗，成功的已不止一個病人，但仔細看下去卻不能不大失所望了，因為他所治癒的病源是來自結核症的脊椎痲痺，和薏迪的中樞神經失靈是絕對兩回事。像他所使用的那些電氣治療和機械操練，如果叫薏迪去做，那是明知無益，白白讓她受罪。這就是我今天找你來談的原因，現在你知道了事實真相，該明白你把一個可憐的孩子送上希望高峰，再讓她跌進深淵，是犯了多大的錯誤了。」

我全身緊張，連指尖都像僵硬了。本來看見那電報，我已知事情有點不妙，但

沒想到竟是如此嚴重的當頭棒擊，我本能地要閃躲，要推卸那整個壓下來的責任。

誰知我吞吞吐吐說出的辯護，竟像個犯過錯的小學生似的，那麼軟弱無力。

「我的動機完全是為了他好……就算我對柯克斯夫說了些什麼，也是由於……由於……」

「我知道，我知道，」康特醫生截住我的話，說：「當然是他逼你說出的，我知道他那不顧一切的堅持，是任何人都受不了的。我知道你安慰他是由於一時的不忍人之心，出自一種高貴的同情，可是關於這個，我已經警告過你一次了，同情是把兩面有刃的利刀，不會使用的人最好別動手。同情有點像嗎啡，它起初對於痛苦確是最有效的解救和治療的靈藥，但如果不知道使用的分量和停止的界限，它就會變成最可怕的毒物。人的情感和神經結構相同，全會習慣成癮的。並且同情的癮和嗎啡的癮一樣，都是越來越大，永無止境，遲早總要大到使人無法供應，有一天要對他說「不行」的，可是那時他的痛苦和懷恨之大就不堪想像了。所以，我說一個人的同情要善加控制，否則比冷淡無情更有害得多。在這方面，做醫生、法官的人知道得最清楚，如果人人放任同情，這世界就完了……同情是危險的東西！現在你自己也該看出你一時軟弱造成的困難後果了。」

「是的……不過一個人總不能——總不能讓別人陷在絕望中而不……再說我這樣做了也不會有什麼大害的……」

康特醫生忽然激昂起來。

「什麼？不會有大害？有的！大得很！你捉弄別人的感情，就應該負欺騙的全責。一個人做事總要想想後果，你製造謊言要到什麼地步為止呢？同情——的確是個好聽的字眼！但同情有兩種：一種是心腸軟弱的婦人之仁，看了別人的不幸，心中本能地覺得難受，立刻不顧一切地想解除這目不忍睹的現象，完全出自感情的衝動，常常是成事不足敗事有餘的；另一種是配合著冷靜理智的真正同情，有正確的認識，貫徹的毅力，還有堅強的耐性，只有在不慌不忙不屈不撓的狀況下，一個人才能真正幫助別人，才能說到捨己為人！」

他的聲音越來越嚴厲，好像自己也有點覺到了，忽然停止下來，過了一會，才和顏悅色地拍著我的肩膀說：

「來，來，我們談實際的吧，我叫你來並不是要你聽大道理的。現在你既然插進我的問題中間，那麼我們的步驟就要一致，你絕不可以對我的計劃再來一次破壞。從薏迪的信中，我看出他們全家都沉醉在幻想中，確信威那教授的治療新法，

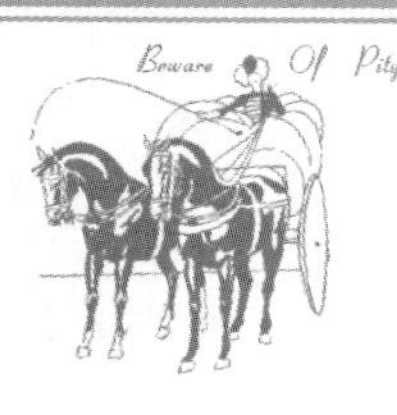

可以把她那多年的痼疾一掃而光，幾個月後就能跑跳了，這種瘋狂想像是非常危險的，她將更無耐心接受正常治療和等候其他新法，應該趕快給她打破，越快越好。當然，這是很可怕的一個打擊。真相往往是粒難以下嚥的苦藥，但我們不能讓幻想像野草似的繼續生長。說穿以後的事態，我會盡量用最近人情的方式設法處理。現在必須要你幫忙的是趕快向他們坦白地承認聽錯了我的話，或是坦白承認你那不忍說實話的同情。」

康特醫生默然住口了，顯然是在等待我的答覆。我一時不敢抬頭望他，昨天郊遊的影像一幕幕地在我腦中映現著：我們怎樣在夏天的原野上驅馬馳騁，那蒼白的女孩怎樣在日光下變成雙頰緋紅，怎樣把小鵝抱在懷中撫摸，怎樣坐在宴席上像個公主；那可憐的老人怎樣快樂得眼淚直流，流到那裂開來發抖在笑的嘴角……這些動人的歡樂景象，要我一拳打消嗎？那滿面笑容女孩，再讓我推她到痛苦深淵嗎？不，不，我做不到……我被逼著吞吞吐吐地說：

「但是……我們能不能……能不能慢一點……因為昨天她給我一種驚人的印象，精神力量使她完全變了……如果……如果讓她的信心保持得久一點，也許會使她得救……會幫助治療……你沒看見，也許很難想像……但你也說過心理作用有時

會產生不可思議的力量……當然……當然我不懂……對於醫學我完全是外行……」

康特醫生開頭狠狠地注視著我，接著又像轉變了念頭，沉思著說：「想不到你聽了我隨便說說的一句話，就自告奮勇地來做我的助手了。當然，你的提議也並不是全無道理，我的確承認精神力量對病人有很大幫助，但我們醫生是科學信徒，要求絕對的效果，不能期待奇蹟。我們只能做冷靜的棋士，不能做狂熱的賭徒，尤其賭注下得太大的時候，絕不敢去冒險。我知道薏迪在狂熱的信心下，病況會有重大的進步，但這是不能持久的。等熱情耗盡，意志疲竭，非面對冷酷的事實不可時，那崩潰的精神將怎樣收拾？誰還能再使她建立信心，接受忍耐的治療呢？如果你處在我的地位，你有勇氣冒這個險嗎？」

「有的。」我毫不遲疑地回答著，「因為她已表現了驚人的進步，這是不能否認的。再者，她剛抓住了希望，立刻給她打消，你不覺得這打擊也很可怕嗎？就算要告訴她真情實話，也應該緩和一點，在她能承受得起的時候。現在不行……大夫，求求你，不要現在……不要立刻……」

「那麼要等到什麼時候？由誰來負責揭穿？」

「我願意負全責。我可以慢慢找機會向她解釋，向她認錯，相信她會諒解的。」

我急切許諾著，好像只要不立刻去承認謊言，什麼都可以。康特醫生繼續望著我說：

「在我們醫生看來，『開刀』是最仁慈的行為，越早越好。不過，事情被你弄到這種地步，也確乎有點難辦了。我收到蕙迪的信時，就想到這新的難題了。為了避免目前太重的打擊，也許不能不和你串通，一個謊言又一個謊言地拖延著，雖然我對於拖延的後果並不十分樂觀。我今天可以把威那教授的回信拿給他們看，解釋給他們說不能採用，但我不要他們的精神立刻崩潰，我要同時再給他們一個新希望作為支持。我有一個朋友在瑞士辦了一個療養院，他那裡採用的都是緩慢的正規治法，但我可以告訴他們說最近發明了新法，讓蕙迪去接受試驗。以她目前的精神狀態加上新環境的刺激，開頭一定會覺得很好，至於以後怎樣，我們就又要另外設法了。我把實情先告訴你，就是要你密切合作，不要再為我製造難題。現在他們依賴你比依賴我還多，想想你真有合作到底的決心和毅力嗎？入地獄的路是單程道，只能通過，不能回頭，這是我要事先警告你的。要抽身，現在還得及，以後可千萬別掣肘呀……」

「不會，絕對不會！」

「好吧。」康特醫生推開面前那沒有碰過的酒杯，忽然站起來說，「那就這樣了。看你的感染力多大，我也成了溫情主義者，但願事實證明你的熱腸真的好過我的冷酷，能讓那可憐的孩子多快樂些時候。實在說，我們的存心是相同的，都是為了她好，不過，今後她的病如果真的能有起色，那全是你的功勞，不是我的。事情就這樣說定了，時間不早，我要趕快去了」。

我們走出酒店，康特醫生匆匆坐上那等候的汽車。剛說完再見，汽車便發動了，這時我的嘴唇不知為什麼也隨著發抖起來，好像我要叫他回來，還有話說。但車子已飛馳而去。

三小時後，我收到薏迪派車夫送來的一封字跡潦草匆忙寫成的短信：「明天請早點來，好多話要同你談。康特醫生來過剛走。十天之內，我就要動身到瑞士去了，高興得要命，明天見。」

說來真是奇怪，我怎麼會在這天晚上拿起這麼一本書來看呢！通常我並不愛看書，所以書架上除了一些軍事規章教練手冊之類應用書籍，很少消遣讀物。就是偶然有幾本偵探小說武俠故事，也都是看過一遍不想再讀的。但這天晚上，實在心煩意亂，好像非借助於書的催眠，是難以入睡的，於是明知沒有什麼好看的，還是到

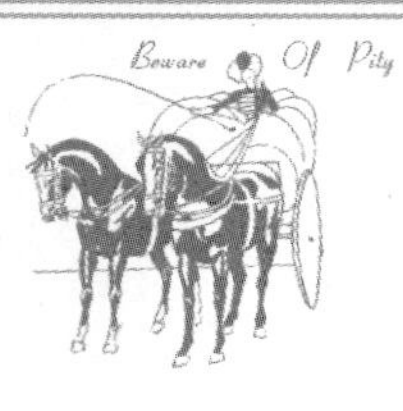

架子上尋找著。結果，不知那裡來的一本天方夜譚映進我的眼簾，勾起了童年的回憶，便順手拿起來翻著，想不到翻閱之後，竟一個故事接一個故事地下去，直看到驚慌不能再讀為止。

那個故事是說一個青年在路上遇見一個倒臥路旁的跛腳不能走動的老人，老人拼命向他呼救求助，青年被叫得心軟了，便過來背他。想不到那老人是妖魔變的，騎到那青年肩頭上之後，立刻便抓著他的頭髮，掐著他的喉嚨，命令他東走西走地跑個不停，並且用種種殘酷方法虐待他踢他打他，從此他成了個完全失去自由的奴隸，牛馬一般地背著那老人走了又走。這並不是什麼新故事，但以前從未體會出它的深意，現在不只感到堅持和軟弱的可怕，並且聯想到那堅持不休的老人正像柯克斯夫，那軟弱無知的青年也正像我。從那天晚上，坐在公園長凳上出於憐憫的一席謊言之後，我已經再也不能卸去肩頭的重負，再也不能擺脫他的驅使了。

晚上又到了柯克斯夫家，一切果然不出所料，我一踏上走廊便受到了熱烈的歡迎。我為了要引開別人對我的過分注意，曾特意買了一把花帶來，但薏迪只說了一句「幹嘛還要給我買花?」，便再也不加理會，還是一直注視著我，要我坐在她的身旁，比往日更加興奮地一刻不停地說著話，那位了不起的康特醫生已為她注入了

新的生命力。她眉飛色舞地說著她就要出發的旅行，就要去接受的治療；說康特醫生是怎樣穩健可靠，怎樣沒有把握的事從來不說不做；又說她不願意像個廢物似的成為別人的累贅，也不願意像個終身監禁的囚犯似的毫無希望地活著……她滔滔不絕地反覆說著狂熱的話，我像個醫生在聽病人的囈語，知道那是高燒的現象，並且是由我們為她注進的病毒所引起的。我的背脊越來越冷，不知陪她說了些什麼話，還是什麼也沒說，她忽然自己打斷了自己的話，問我：

「你說呢？你為什麼坐在那裡像個傻子似的，看你臉上那神情！為什麼一聲不響？難道你不替我高興？」

我好像正在做賊心虛，忽然被人看穿戳破，而又因為是新手，缺乏隨機應變的技巧，一時不知如何掩飾才好，結結巴巴地說：

「你怎麼能這樣說？我實在是太驚喜了—你該能了解的。……俗語說『喜極欲泣』，我差不多就是那種感覺……當然，高興，替你高興……」

我這些話，說得假聲假氣，自己都聽出來了。她當然更覺得出，臉色忽然大變，含笑的眼睛也立刻充滿厲色，眉頭皺起，像拉緊的弓，怒箭就要射出了。

「對不起，我竟沒看出你是這麼樣的高興。」

我知道這冷言冷語來勢不妙，想趕快用玩笑的口吻來緩和這緊張局面，便說：

「你這小孩子呀……」不料這更給了她發作的藉口，立刻瞪著我說：

「不要老是『孩子！孩子！』地叫我，我受不了。你也不是比我大多少的人，為什麼這樣叫我？這樣對待我？我說的話你不感興趣，為什麼不直說？本來嘛，你怎麼能和我一樣高興？你高興的是這裡要關閉幾個月，你可以放假休息休息了，可以自由自在地坐在咖啡廳裡和你的朋友玩牌聊天了；你怎麼會不高興？我非常相信你的高興，因為你盼望著的舒服日子就要來了。」

她的話像針芒似的刺痛著我，但我必須忍耐，因為我知道她那越發越大的脾氣是怎樣可怕。現在把話題引開也許能平息一點她的怒氣，便說：

「什麼舒服日子——這完全是一般人的想像，對於騎兵隊的軍人，七八九月那裡會有一天舒服日子！操練了又操練，檢閱了又檢閱，從早到晚，累得人半死！一直到九月底，那裡有一天休息。」

「到九月底……？」她忽然沉思起來，好像想起了什麼心事。「那麼，什麼時候……」她又停了停，「你才能來呢？」

我聽不懂她的話，完全茫然地問：

「到那裡？」

她又皺了一下眉，說：

「別老是問這些傻話！當然是到療養院來看我們，來看我！」

「瑞士嗎？」

「還會是那裡？」

我這個連坐半價火車去一趟維也納都覺奢侈的人，她竟希望我像度假似的去瑞士看她，這簡直是有點近於侮辱的想法。

「所以現在我們可以明白了，」我真心地大笑著說，「你們這些老百姓對軍人生活抱著怎樣的想法呵！好像我們在軍營中整天都是坐咖啡廳聊天、玩牌、打彈子……玩膩了就換上便服出去度假，只要把兩個手指舉到帽邊，對上校說聲『再見』，就可以揚長而去了，你那裡知道我們要出去一小時，都要報告，求見，請予批准的。至於請整天的假，除非是遇到親人喪亡之類的大事，現在竟想請假一星期到瑞士去，這不是找著去看上校的臉子嗎？親愛的薏迪，你把事情看得太簡單了。」

「瞎說，任何事情存心要做就很簡單，不要先有不可能的成見。你要離營，半小時內爸爸就可以給你辦好。國防部裡面，他認識的人有一打以上，有上面人的一

句話，你什麼事做不到？再說，你也應該到軍校軍營以外的地方去看看世界，這對你會有很大的好處。不要再推托，就這樣說定了，爸爸會料理一切的。」

多年的軍營生活，我已經養成聽命服從的習慣，一向奉若神明的國防部長官，現在薏迪說起來，竟像她父親的僱員一般，聽了實覺驚人。但我還是保持著詼諧的口吻說：

「很好，到瑞士旅行度假的確是蠻不錯的事，尤其是像你所說的，用不著立正行禮地去請求，准假單就會用銀盤托著給我送來，這太好了！但是，你沒想到，另外還要你父親到國防部設法弄一筆旅行獎金，我這個小上尉才能成行呀！」

現在輪到她吃驚不解地向我望著了。她知道我的話中有話，但猜不透是什麼意思，她的眉頭又不耐煩地皺起來，我知道非再說明白點不可。

「對不起，讓我老實告訴你吧。事情並不像你想的那麼單純，這樣一趟旅行要多少錢，你知道嗎？」

「噢，你的意思是說這個呀，」她恍然大悟有點要失笑似的說，「用不了多少錢，頂多幾百庫郎就夠了，算得了什麼？」

這時我的自尊心忽然受到打擊，因為自己的經濟狀況欠佳，深受缺錢的痛苦，

最怕別人在我面前說蔑視金錢的話，那好像故意觸發我的隱痛，使我說不出的憤恨。在這方面我是跛子，不良於行，這位寵壞的孩子自己為身體缺陷那麼煩惱，為什麼就不能了解別人精神上的痛苦呢？「什麼，頂多不過幾百庫郎？算不了什麼的小事？嗯？當然啦，在你想起來，談錢是可笑的丟臉的舉動，可是，你知不知道我們軍人生活的艱苦？我們要維持一個不失身份的生活須要怎樣節省打算嗎？」

她繼續困惑不解地望著我，我一時愚蠢地覺得她的困惑神色中還帶有一點輕侮的意味，不由得更加激動，要盡量把我的窮相暴露給她看個清楚，就像有一次她故意要在我們這些健康人面前，架著拐杖穿過屋子，用那可怕的聲音使我們難過一樣，現在我也感到一種說不出的洩憤快感。

「你能想得出一個上尉有多少開支嗎？」我向她追問著說，「你也許從來就沒想過，好，現在就讓我告訴你吧：每月一號我們領二百庫郎的薪餉，要用這來維持三十天或三十一天的生活，並且這生活方式必須合乎我們的身份。就是說從這一點款項內，我們要付伙食費、裁縫費、皮鞋費、和一些零星雜費，如果支配得法，同時上帝保佑馬不出事，沒有意外開銷，才能剩下幾文到你常用來攻擊我的咖啡館裡坐坐，喝杯咖啡，那就是了不起的享受了。」

話剛說完，我便知道自己這種尖酸的情感發洩，是愚蠢而又不應該的。一個嬌生慣養的十七歲的女孩，一個足不出戶的癱瘓病患者，她怎能了解金錢的意義和軍人的清苦呢？但我像一個盛怒之下完全失去理性的人似的，只想痛快地發一頓牢騷，也不管所找的是怎樣的對象了，這時看了她那茫然的驚惑忽然變成恍然的覺悟，又接著歉疚不安，覺得不該無知地觸傷我的隱痛，最後雙手舉起蒙住漲紅的臉，激動地說：

「那麼……那麼你還給我買那麼貴的花。」

這真是難挨的一刻，我們彼此都覺難以為情，我們都知無意中傷害了對方，只怕再說出什麼尖刻的話來。於是我們之間忽然靜得可以聽到樹間風響院中雞叫以及遠處馬車駛過的輪聲。她竭力振作了一下，說：

「看我多傻，竟相信了你的胡言亂語！我真是蠢極了，怎麼竟讓你操心起路費來。如果你肯來看我，不用說就是我們的客人，一切應由我們招待。你想，爸爸怎麼能讓你自己花錢來看我們呢？簡直是亂說一氣，我也被你弄糊塗了。好啦，再也不要談這問題了——一個字也不准提了，我告訴你！」

但這正是我不能忍受的一點，我前面已經說過——想到被人視為吃軟飯是使我

最痛苦的事。「呵，不提了！但有一點非說不可，省得彼此誤會。我坦白告訴你：我不願意讓別人為我疏通請假，更不願意讓別人把我收養。我要生活得和我的同僚完全一樣，採取絕對一致的步驟，不要什麼特別假期和任何津貼。當然，你是好意，你父親也是好意，但有的人就是不願意接受這些生活享受。我們不要再談了。」

「這樣說，你是不要來了？」

「我沒有說不要來，只是告訴你我為什麼不能來。」

「就是我父親求你也不行嗎？」

「也不行。」

「如果我……我求你也不行嗎？我求你做個好朋友也不行嗎？」

「不要這樣子，沒有用。」

她低垂下頭去，但我已經看見她的嘴角在扭動，脾氣爆發的預兆來了。這位被全家人捧著寵慣的孩子，現在忽然來了新的生活經驗，她要對付別人的反抗了。竟有人向她說著「不行」，這實在是粒難嚥的苦藥，忽然間，怒氣沖天地抓起桌上我送她的花，狠狠地拋擲到屋子那一頭去。

「很好，」她咬著牙說，「至少我現在看出你的友誼有多深了，這倒是個很好的考驗！僅為了你的一兩個朋友會在咖啡館裡饒舌，你就嚇得找出那麼多的藉口躲起來；為了怕在軍隊裡給人壞印象，你就寧願破壞一個好朋友的興致……很好！事情就這樣決定了！我不會再同你爭辯，你不要來，好的，就是這樣了！」

她話是這樣說，但我看出她的激動還沒有停止，因為她繼續在翻覆不已地說著：

「很好！很好！」並且扭握得那椅子把手，吱吱作響，好像要掙扎起來，給我一個身體上的撲擊似的，但接著又忽然轉變念頭，尖聲嚷著說：

「很好！這事情算過去了，完結了！我的卑屈的懇求已被人拒絕，你不要來看我們，因為不適合你的計劃。很好，我們自己也能過的，從前，沒有你，我們還不是過得很好……只是，有一件事情我要問你，你能坦白答覆嗎？」

「為什麼不能？當然可以。」

「我是說你能誠實答覆嗎？敢發誓嗎？」

「你堅持的話——那麼我就發誓，一定說實話。」

「那好極了——」然後又繼續翻覆地說著「很好，很好，」像用刀在割斷什麼

東西似的。「很好，不要怕，以後我不會再堅持要你這位貴人屈尊光臨了！但是有一件事情我要弄明白——記住你剛才發過誓要說實話的。就只這一件事情。好，你不能來看我，究竟是因為你不喜歡這計劃覺得討厭，還是別的什麼原因，說不說對於我都是一樣。很好，很好！那就算了。但現在你要坦白乾脆地告訴我：你這些日子來我們家，到底是為了什麼？」

我什麼答案都準備到了，就是沒想到這個。慌亂之中，為了拖延時間，我吶吶地說：

「為什麼……這是很簡單的事，還用得著發誓……」

「呵，我知道……簡單，是嗎？好極了！那就說吧。」

現在無法再拖延閃躲了。照實直說，本來也像是最簡單不過的事，但我覺得應該把話說得委婉點。

「怎麼啦，親愛的蕙迪，」我很隨便地開口說，「不要神經過敏地尋找原因吧。你知道我是那種做事不思不想的人，腦子裡從未有過『為什麼去看這個人』『為什麼去看那個人』的反省。老實說，我自己也不知道天天來這裡是怎麼回事……簡單地說，就是因為我喜歡來，因為我覺得在這裡比在別處舒服愉快。一般

人總愛把軍人生活想成鬧劇中所描寫的那樣輕鬆歡樂，其實，正相反，軍營中的日子是再呆板枯燥不過的，住在營房和住在旅舍一樣，雖然很多人聚在一起，但誰也不依賴誰，誰也不關心誰，沒有一點人情溫暖。我來看你們的時候，卻是一進門便感到家庭的氣氛，和你們閒聊又是那麼愉快，後來……」

「後來怎樣呢？」她著急地催問著。

「後來……你不會怪我直言吧……我覺得你很喜歡我來，我就更願意來，更感到輕鬆隨便了。每次望著你，我就覺得，——覺得——」

我不由得口吃起來，她又不耐煩地催問著：「覺得怎樣呢？」

「覺得總算有個人把我看得不像在軍營中那樣無足輕重了。可是有時候我又想，也許不久你就要對我生厭的，後來記起你是獨自整天待在這空洞的大房子裡，一定高興有人來看你，這才又鼓起了勇氣。每逢看到你在走廊上或是屋子裡，我就覺得來對了，省得讓你一個人整天悶在家裡。就是這樣，你能了解嗎？」

她的反應非常出人意料，那灰色的眼睛忽然變得像透明的玻璃球，那搭在椅子上的手指越來越不安寧，先是在那硬木把手上輕輕敲叩，終於成了重重的捶打。她的嘴角又開始向下扯動。「是的，我知道，」她忽然粗暴地說，「我完全了解……

……現在……現在我的確相信你說的是實話了。你的話說得很客氣很委婉，但我完全了解，完全了解……你來這裡是為了我太孤獨了——換句話說，是為了我整天困在輪椅上。你來這裡的動機很單純，就是要做個好人來安慰一個『可憐的病孩子』——我知道你們每個人在背後都是這樣叫我的，我知道，我知道。你來這裡完全出於憐憫。呵，我相信你——現在否認有什麼用呢？你正是那種所謂『好心』人，被我父親這樣稱呼著，覺得很高興。好心人是對每一個被打的狗每一個生疥的貓都表示憐憫的，何況是一個跛腳女孩子——怎麼會不可憐她？」

她忽然直直地坐起來，微微顫抖著，又說：

「謝謝吧，我不要人家把我當跛子來可憐，沒有這樣的友誼，我也一樣能過……你用不著那樣子翻瞪眼！你來這裡僅僅因為我的樣子打動了你的不忍之心，像那新來的女僕看見我大叫起來一樣，你不過是更會掩飾更會表達罷了。我早就感覺到你來看我是出於憐憫，同時願意被人稱讚為好心腸，肯捨己為人。但是對不起，現在我要告訴你，我不准任何人為我犧牲，我拒絕任何人對我的容忍——尤其是你的——不准你這樣對待我，聽見沒有？你真的以為我那麼需要你的同情陪伴嗎？多謝上帝，沒有你這些虛情假意的殷勤，我照常能活下去，活得很好。活到不耐煩的時

候，我也知道怎樣解脫……看嘛！」她忽然手心朝上伸到我的眼前，「看這疤痕！這是我用剪子剪的，可惜他們看見得太早，又把它縫起來了。否則，我早就擺脫了你們，和你們那該死的同情了！下一次我會做得好一點，別以為我永遠逃不出你們的手掌。我是情願死也不接受人家憐憫的！看那裡！」她忽然尖聲刺耳地大笑著——「你看，那邊，我那親愛的的爸爸當初修這平台，只想盡量叫我看風景看得遠，多晒太陽，多吸新鮮空氣，他和醫生以及建築師都沒有想到有一天我會利用這平台來……你來仔細看看……」她忽然搖擺著身子站起來，雙手緊握著欄杆，「這是五層樓，下面又是水泥地……那很可以……多謝上帝，我總算還有到欄杆邊的力氣。只要用力一縱身子，我就可以永遠擺脫你們和你們那該詛咒的憐憫了。你們——爸爸、伊蘿娜和你也都可以輕鬆了，對於你們，我只不過是一個可怕的累贅負擔和……看嘛，這非常簡單……只要這樣……這樣……」

她目光炯炯地把身子向欄杆外面探著，我趕快跑過去抓住她的胳膊，但她像被火燒了似的拼命閃躲，同時大聲喊著。「走開！你竟敢碰我！走開！我要做什麼就做什麼，你管不著，給我走開！」因為我不理她的話，要用力把她拖開，她憤怒地扭動著上身，忽然回轉過來，對著我的胸口狠狠地打了一拳。接著是掙脫了我的

手，去抓欄杆沒有抓住，一下子便失去重心，使我來不及扶持，眼望著她跌倒在地上，同時把桌子碰翻。桌上的花瓶杯盤一齊唏哩嘩啦地落下，摔了個粉碎，其中那個叫人用的大銅鈴在平台上叮叮噹噹地滾著，滾了很遠才停止。

這時，蕙迪完全癱軟無助地躺在地上，怒氣仍未平息，又羞又氣地哭著，我想抱她起來，但她揮動著手臂把我打開。

「走開……走開！」她哭喊著，「你這個畜牲，混帳東西！」

她拼命伸張著兩隻手臂，想自己掙扎起來，但沒有人扶，怎樣也起不來，我稍一走近，她又大哭大喊地叫：「走開！……不要碰我！……離開這裡！」

我正在進退兩難不知如何是好的時候，忽然聽見升降機上來的聲音，原來那銅鈴滾動聲喚來了隨時在聽候的約瑟夫。他低垂著眼睛經過我的身邊，急忙走到蕙迪那裡，把她抱到輪椅上，推到升降機裡，看他那熟練的動作，一定是經過長期訓練的。那剛上來的升降機又下去了，平台上又剩了我一個人站在那翻倒的桌子和打破的杯子中間，那一片狼藉的景象，就像是一個晴天霹靂突然造成的，而我也像被震驚得目瞪口呆，不知站了多久，也想不出引發這場脾氣的原因到底是什麼。最後總算又聽見升降機的聲音，約瑟夫又回來了，他低頭無聲地走到我的面前，順手撿起

一塊餐巾來說：

「上尉先生，讓我給你擦擦衣服吧。」我隨著他的手望去，這才看見我的軍服上沾了很大的兩塊濕痕，顯然是我彎腰扶她的時候，一杯茶剛好潑在我的身上。現在這位忠實的老僕蹲在地上低頭用力地擦著，我望著他那滿頭灰髮，不由得猜想著他是故意把頭低垂著，怕我看見他那驚慌困惑的臉色。他擦了一會，忽然住了手，但頭仍未抬起，歉然地說：

「不行？沒用。我看最好叫車夫到營裡另拿一套來換上。上尉先生，您總不能這樣子出門的，不過，您只要等一小時，我準會把這套洗好燙平。」

他說這些話的時候完全用的是盡職忠僕的口吻，不帶一點感情，但我告訴他用不著換衣服，只要給我僱一輛馬車，就可以一直回去了，他才忽然清了清喉嚨，抬起央求的眼光望著我說：

「上尉先生，您能不能等一會再走？您要是現在就走，事情可要麻煩了，小姐的脾氣會發得更大，伊蘿娜小姐這會正在她那裡……哄她躺下休息。伊蘿娜小姐叫我告訴您，她就來見您，請務必等一等。」

這位老僕人的誠惶誠恐，使我深深感動著，忘記了自己的一切，只在想著他們

大家是怎樣愛著這位殘廢女孩呵！怎樣寵慣她為她找原諒的藉口呵！我又怎能對這位好心老人的央求不予允諾呢？於是我拍著他的肩頭說：

「親愛的約瑟夫，沒關係，就照你的話辦好了。這衣服一晒就會乾，但願不會留下茶的痕跡。現在你收拾地下的東西吧，我會等伊蘿娜小姐來的。」

「上尉先生，您肯等，真是太好了。」他鬆了口氣說，「老爺也就要回來了，看見您不知會多麼高興。他希望我向您……」

樓梯口傳來輕輕的腳步聲，伊蘿娜來了。她也像剛才的約瑟夫那樣低垂著眼睛向我走來。

「薏迪問你能不能到她房裡去一下？只要去一下就行。她將會非常感謝您。」

我跟著她走下樓去，一言不發地穿過客廳和一間小起坐間，然後走上通往薏迪臥房的長廊。在那長廊的第二個門口，伊蘿娜忽然站住了，悄聲說：

「你要對她好一點。剛才在平台上怎麼啦？我雖然不明白，但準是她又發脾氣了。我們都知道她那些突然暴發的脾氣，你千萬別放在心上。像我們這些健康人是很難想像她那種從早到晚困在輪椅上的滋味。悶極了，有時候她自己也不知是怎麼回事，便大哭大鬧起來，可是在脾氣過去之後，她卻又比誰都難過。在她那樣難過

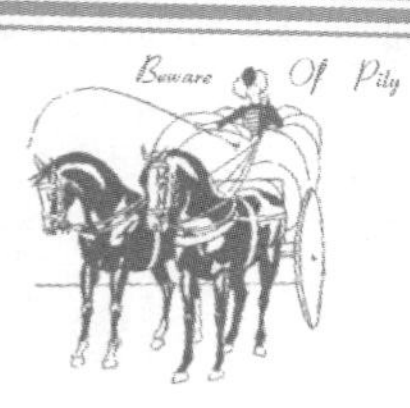

的時候，我們應該加倍疼愛她才是。」

我沒有回答，也用不著回答，伊蘿娜一定注意到我那痛苦激動的樣子了。她輕輕的敲了敲門，裡面傳來有氣無力的一聲「進來」。

「不要坐得太久，一會兒就好了。」伊蘿娜匆匆地叮嚀著。我推門進去，起初什麼也看不見，因為向著花園的落地窗全垂著橘紅幔子，只覺眼前一片朦朧紅光。停了一下，才看見那屋中央的長方形的床，一個熟悉而害羞的聲音從那裡發出來。

「請來這邊坐，這凳子上，我不會留你太久，坐一會就好了。」

我走到床前，在一堆枕頭一團鬈髮中，看見一張小臉，那鮮艷的繡花床罩一直蓋到她那瘦削的下巴。她看見我坐下後，立刻說：

「請你到這裡來，實在不好意思，但我的頭很暈……我不該在太陽底下坐那麼久的，我的頭受不了……剛才我自己也不知道是怎麼啦……你能把一切忘記嗎？你不會還為我的……我的粗野在生氣吧？……」

聽了她著急的語氣，我趕快插嘴說：「你想到那裡去了？……都怪我不好……我不該讓你在太陽底下坐那麼久的…」

「這樣說，你真的不生我的氣了嗎？」

「我一點也沒有生氣。」

「你還會來玩……像往常一樣嗎？」

「完全一樣，但是有個條件。」

「什麼條件？」她迷惑地問。

「就是你要信任我一點，不要老是怕得罪了我，麻煩了我什麼的。誰見過好朋友有這樣子的？你不知道你去掉疑心的時候，那樣子顯得多麼爽朗，並且你開心的時候，才使大家——你父親、伊蘿娜和我以及全家的人都覺得快樂。要是你能自己看見自己那天郊遊的歡樂樣子就好了——那天我想這事想了一晚上。」

「你想關於我的事，想了一晚上嗎？」她不敢肯定地望著我，「真的嗎？」

「真的。那天玩得太好了，我將永遠不會忘記。太好了，太好了……」

「是的。」她也像做夢似的說，「太好了，太好了……我以後要常常那樣出去玩玩，也許就是因為悶在屋子裡的緣故，才使我變成這樣糟糕。……你說得很對，我有時是太多疑了……這是得病之後才有的……從前，天呀，我從來沒想到過怕什麼人，得病以後卻一點自信也沒有了，我總覺每個人都在看我的跛腳，每個人都在可憐我。當然，我也知道這種想法是傻氣，是孩子氣的驕傲，但總不由得要心煩。

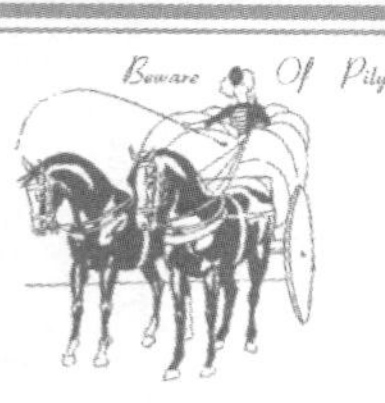

這可怕的病儘是這樣拖延了又拖延，一個人怎麼能不變得多疑猜忌呢？呵，要是真的快受到頭了，那我就會立刻不這樣狠毒，這樣粗暴，這樣發脾氣的。」

「現在不久就要到頭。你一定要再忍耐些時候，再鼓起點勇氣來。」

她全身坐直了點，說：「你說，說實話，你想那新治法能對我生效嗎？……前天，爸爸到我房裡來說的時候，我非常堅實地相信會有效……昨天晚上，不知為什麼我又忽然擔心，怕康特醫生是一時錯誤，在用假話敷衍我，因為我……因為我覺得有點不對勁。過去有一個時期，我把他看成上帝一般，但病老是拖著不見好……開頭是醫生觀察病人，後來成了病人觀察醫生，昨天……昨天，他給我檢查的時候，有一兩次說話吞吞吐吐，好像他自己也不大肯定，不像往常那樣直爽坦白……不知為什麼，我覺得他在我面前有點侷促不安……當然，聽他說要立刻送我到瑞士去治療，我高興得要命……只是，我心裡總有點說不出的恐懼，好像他在哄騙我…………也許是安慰爸爸……他並不認為這新治法是絕對可靠的……你看，我還是去不掉懷疑的毛病。但我又怎能不懷疑呢？一次又一次地被哄著，哄著，到頭來病還是照樣拖著。不行，我再也忍受不了這無窮無盡的等待了！」

她越說越激動，身子又坐直了點，手開始發著抖。我趕快俯身安慰她說：

「現在，不要，不要……再使自己激動了！記住，你答應過我的……」

「是的，是的，你說得對。使自己痛苦有什麼用，白白使別人也跟著痛苦。並且他們又有什麼辦法！我只是他們的累贅……呵，我不是又要發牢騷，的確不是……我要你來，只是要謝謝你的原諒……謝謝你一向對我的關心……那麼令人感激的關心，我實在有點不配承受……我想，我應該……但是讓我們忘記吧！好不好？」

「當然，不要再提了，現在你應該好好休息一下。」

我起身同她握手告別，她那麼楚楚可憐地仰望著我，又害怕又安心地微笑著，那靠在枕頭上的小臉，活像一個將要入睡的孩子。一切都雨過天晴似的平靜無事了，我非常輕鬆愉快地走到她的面前，但她忽然驚動了一下。

「怎麼啦？你這軍服。……」

她看見了我身上的茶漬，同時想到是自己發脾氣時所闖的禍，眼睛忽然羞慚地低垂下去，手也害怕似地不敢伸出來了。看她為這點小事如此難過的樣子，我深受感動，為了安慰她，便故意用玩笑的口吻打諢說：

「呵，沒什麼，沒什麼了不起，是一個頑皮孩子撒了些茶水在我身上。」

她的眼神還是有點不安，但也立刻抓住這開玩笑的機會說：

「你對這個頑皮孩子好好教訓了一頓嗎？」

「沒有。」我把玩笑繼續開下去說，「這孩子早已經很乖了。」

「你真的不生她的氣了嗎？」

「一點也不。」

「一點也不介意嗎？」

「不。一切都諒解了，忘記了，只要她以後聽話做個好孩子。」

「要她怎樣去做好孩子呢？」

「要永遠忍耐，永遠和氣，永遠快樂。不要在太陽地裡待得太久，不要老坐車出去跑，絕對服從醫生的話。現在這孩子要睡了，別再多說多想了。晚安。」

我向她伸過手去，她躺在那裡目光閃閃地笑望著我。握別之後，我轉身向門口走去，剛要開門，一陣笑聲在我身後傳來，同時問著：

「那孩子這一次乖嗎？」

「非常乖，可以得滿分。但現在要睡覺、睡覺、睡覺，不要再想不開心的事。」

我把門開了一半的時候，又是一陣孩子氣的頑皮笑聲，喊住我說：

「你忘記一個好孩子睡覺之前應該得到什麼了。」

「什麼?」

「好孩子應該得一個晚安的吻。」

她這話使我多少有點不舒服，但不敢再惹她發脾氣，便做出毫不在意的樣子說：

「噢，對啦，我幾乎忘了。」

我向著她的床邊走去時，她忽然屏住了呼吸似的靜默著，頭一動也不動地靠在枕頭上，眼睛直望著我。

趕快，趕快，我心裡越來越不舒服，急忙俯身輕輕吻了一下她的額頭，輕到連皮膚幾乎都沒碰到似的，便想趕快抬身了。但她放在枕頭上的雙手，竟忽然舉起，緊緊摟住我那來不及抬起的頭，並且把我的嘴從額頭向下推著，一直推到她的唇邊，於是她用力地深深地吻著，吻著。在我一生中，從未被人這樣熱狂地拼命吻過。

她吻了又吻，並且用一種喝醉酒的力量緊緊抱住我，直到氣都透不出來了，才鬆了鬆手，把我的頭向後推了一下，但仍不放開，只為了要把她的目光射進我的眼內，一面端詳一面又再拉下我的臉去，到處亂吻著，同時喃喃地說著：「你這傻瓜

……你這傻瓜……呵，你這大傻瓜，你！」她的進攻越來越猛，她的狂熱越來越高，那發抖的身體忽然變成一陣痙攣，她才癱軟地倒在枕頭上，只剩下眼睛還繼續盯著我，閃著勝利的光芒。可是一會兒她又掉轉頭去疲憊不堪而又羞愧難當的低聲說：「現在去吧，去，去……你這……」

我踉踉蹌蹌地走出屋去，長廊才走了一半，已經精疲力盡似的感到一陣暈眩，趕快靠牆站住，原來她的激動不安，她的喜怒無常，都是由於愛的苦悶，這秘密的揭開，簡直把我嚇呆了。因為對於她的亂發脾氣，我什麼都曾想到，就是沒想到這一點——沒想到她這個殘廢可憐的癱瘓者也渴望著愛人和被愛，她這個半像孩子半像女人的未成熟的人也有著完全性感衝動；她這個被命運虐待到本身都不能自由活動的人竟還夢想有個愛人，以致把我的出於憐憫之情的陪伴，如此可怕地誤解著。但再想下去，實在應該責怪的正是我這種過分的憐憫之情，對於一個幾乎和外面世界完全隔絕的女孩，忽然有人肯天天來探望她，又怎能不把憐憫誤認為溫柔呢？一切都怪我頭腦簡單，只把她當病人，當孩子，沒有把她當女人。我作夢也未想到過，一個最痛苦不幸的人居然也敢戀愛。因為年輕人對人生缺乏經驗，僅有的一點認識，往往是從別人口中聽說或是從書本上面看來的，我一向總認為英雄美人式的

人物才會互相愛慕，至少，男人要特別英俊，特別富有，特別有權勢，才會引起女人的愛情。因此一開始我便覺得我們之間的關係絕不會有超出友誼範圍以外的發展，我所以能和兩個女孩子相處得那麼坦然那麼愉快，也就是由於這種率真的想法。老實說，對於伊蘿娜的成熟的女性美，我偶然還有動心的時候，至於蕙迪，我簡直從來沒有想到過她是位異性。現在我才知道殘廢不幸的人往往比健全快樂的人更強烈地渴望著戀愛，他們的愛情是危險的，可怕的，黑色的，世界上沒有一種感情像它那樣貪婪，那樣拼命。好像他們這些在上帝那裡沒有得到公平的人，只有在人間愛與被愛的關係中取得補償，這是從人類慾望深淵最深處發出的愛的渴求的呻吟和呼號，這是我這幼稚無知的人從未想到過的靈魂秘密，現在忽然像燒紅的鋼刀似的在我心中加上了烙印。

「傻瓜！」現在我才明白了她把我摟在胸前的時候，為什麼反覆地這樣叫我了。她叫得一點也不錯，我的確有點像傻瓜。他們大家——那老人、伊蘿娜、約瑟夫和所有其他的僕人一定早就看出來了，只有我還茫然無知。

我這同情的奴隸，一直扮演著好心腸的角色，像蒙著眼的小丑似的亂開玩笑，竟全未想到些不自覺地錯誤曾使那火熱的靈魂受了多少痛苦。現在她忍無可忍地蠻

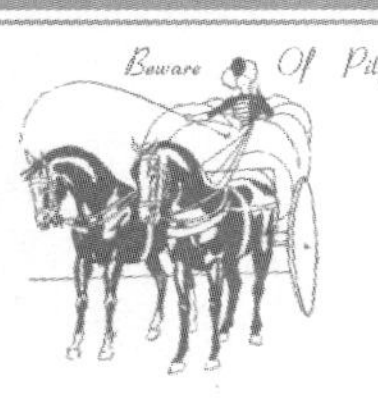

橫地撕去了我眼上的繃帶，就像一線光明忽然照亮全室似的，過去幾星期中的苦干瑣事細節，回想起來都明顯地有了意義，只是這恍然大悟來得太晚了！太晚了！直到現在我才明白她為什麼不高興我叫她「孩子」——原來她要我把她看成女人，作為追求的對象；直到現在我才明白她為什麼每逢看見我為她的跛腳表示同情難過便發怒發抖——原來她那女性的敏感知道憐憫的溫情很難變成熱烈的戀愛。這可憐的孩子不知怎樣在等待著我用表情用言語向她示愛，或至少領會到她的愛，而我，我竟以精神上的聾啞，不即不離地把她驅向狂亂！現在一幕幕的景象爆炸似的映現到我的眼前，我被震驚得搖搖欲倒，趕快依靠到牆上，兩腿也像她的一樣癱軟了。休息了三次才走到通往客廳的門口。我知道向左轉是大廳，到那裡拿了我的佩劍和軍帽，就可以走出去了。趕快，趕快溜出去，別遇到約瑟夫，別遇到任何人，省得他們問東問西。

但是太晚了，伊蘿娜已經聽見我的腳步聲，從客廳裡迎出來了。她一看見我，立刻驚慌失色地問：

「天哪，怎麼啦？你的臉白得像死人似的……蕙迪又怎麼啦？」

「沒有，沒有怎麼樣。」我吃力地說，「她現在大概睡了，對不起，我要趕快

回去。」

一定是我的神色舉動有失常的地方，她忽然一把抓住我，不容分說的把我按到椅子上。

「坐一下，清醒清醒……看你的頭髮……成什麼樣子了？……不要動，坐下。」

我想站起來的時候，她又把我按下去說，「我去給你拿杯白蘭地來。」

她走到酒櫃那裡給我斟了一杯，我一飲而盡，把杯子放下的時候，我的手抖個不停，她不安的注視著，默默地在我身旁也坐下來，等了一會才問：

「蕙迪說了什麼話嗎？……我是說關於你的……」

從她那深表同情的態度上，我知道她已猜到了一切，並且我疲軟到無力多說，便點頭回答了聲「是」。

她聽了沒有作聲，但我發覺她的呼吸緊促起來。過了一會她探身低聲地問：

「你當真是現在才知道嗎？」

「我怎麼會想到竟有這樣的事……簡直是瘋狂。她是怎麼回事……為什麼偏偏找到我呢？」

伊蘿娜嘆了口氣，說：「天哪，她一直認為你來是為了她……我就不大相信…

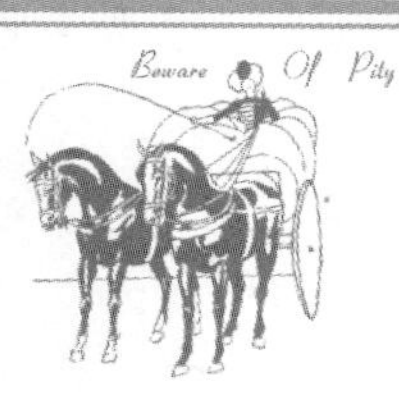

……因為你態度那麼自然……說話那麼坦白，完全是一種友誼。從開始我就擔心你對她只不過是憐憫，但我又怎能事先警告她呢？怎忍心打破那唯一能使她快樂的幻想呢？這幾個星期，她完全生活在對你的想念中……當她向我問了又問是否覺得你真的喜歡她的時候，我又怎能殘酷地說……我當然只能鼓勵她安慰她……」

我實在不能再保持沈默了，趕快截住她的話說：「好了，這一定要你來打破她的幻想才行……在她那方面，這完全是一種瘋狂，一種熱病，一種孩子氣的幻想……不過是一般女孩子對軍服的仰慕，如果另外一個軍官來了，她也照樣會著迷。你要把這些解釋給她聽，要趁早破除她的迷夢……好在她這種年齡，這些事情很快就會過去的，——」

但伊蘿娜憂傷地搖著頭說：「不會。親愛的朋友，你不要再哄自已了，蕙迪的情形很認真著迷，認真到可怕的程度，並且一天比一天嚴重……我實在沒法為你解除這困難，你要是能知道我們在這裡過的是什麼日子就好了。一夜之間她要搖三四次鈴，把我們全叫醒，以為發生了什麼事急忙跑到她的床前，卻看見她直直地坐在那裡，望著空中在出神。她問了又問的就是：「你覺得他有點喜歡我嗎？有一點喜歡嗎？」接著又要鏡子，拿來了，她卻又把它丟到一旁，最後自己也覺得舉動有點

狂亂，但兩小時之後，這整個情形又照樣重覆一遍。她不但問我，在絕望之中，她也同樣去問她父親，問約瑟夫，問使女……甚至於昨天還找了個吉卜賽人來算卦……她曾給你寫過四五次信，寫了撕掉，撕了又寫，從早到晚，從絕早到深夜，她在說的全是你，沒有別的。有時候她要我去看你，探聽一下你是否喜歡她，有一點點喜歡她……還是覺得她討厭，因為你常常默不作聲或是竭力保持距離。她說了，我立刻便得去，一分鐘都不能躭誤，要車夫趕快開車，要我在你出營回房的路上攔住你，三番五次地要我背誦著她叫我對你說和向你問的話。最後，我已經走到大廳了，她又搖鈴把我叫回，我必須衣帽整齊地再回到她的面前發誓絕不會有一點遺漏錯誤。呵，你怎麼能想得到這些呢！每次你離開，門一關上，就什麼事也沒有了，我們可沒有這麼簡單，你一走她立刻便向我敘述著你對她說的每一個字，問我對這有什麼意見，對那是怎麼想法。如果我對她說：「你看他多麼喜歡你。」她立刻對我尖聲嚷著：「你撒謊！一點也不對！他今天一句好話都沒對我說。」但儘管如此，她還是要聽我剛才的話，叫我一遍又一遍地重複，並且要我發誓說一點不錯，我的確覺得是那樣……然後是我伯父也加入討論，自從薏迪得了這病之後，他變得智窮力盡，認識了你才又有希望似的，並且他是真的喜歡你崇拜你。你真應該看看

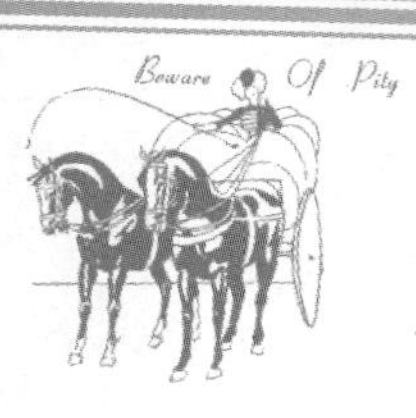

他怎樣一小時又一小時地坐在她的床前哄她睡著，等她睡著了，他便自己整夜在房裡走來走去……你，你真的對這一切完全沒有感覺嗎？」

「沒有。」我著急得無法自制地大聲回答著，「沒有，我敢發誓，一點也不覺得。你想，如果有一點感覺的話，我還能繼續不斷地同你們談天、下棋、聽唱片嗎？但她是怎麼引起的這瘋狂念頭，以為我……我會和她一樣幼稚胡鬧，墜入情網呢？……沒有的事，絕對沒有，我告訴你。」

想到自己不情願地被人家愛著，簡直急得要跳起來，但伊蘿娜緊緊抓住了我的手臂，說：

「冷靜點！求求你，不要這麼激動，說話輕一點，她會聽見的，看在上帝的面上，別對她太不公平。她認為第一個把好消息帶到這家中來的是你，第一個把新治療法告訴她父親的是你，這都是好的兆頭。你知道他是半夜裡跑去把她叫醒告訴她那消息的，你可想而知他們父女倆是怎樣喜極而泣地感謝上帝，互相安慰地描繪著美麗遠景。他們相信蕙迪的腿治好後，你就會——好，用不著說了。我提到這點，是要你知道她對新治法抱著多大的希望，你千萬別在這時候給她打擊。我們要加倍小心地對待她，別讓她猜疑到你竟……」

但我不等她說完，便粗魯地敲著椅子扶手說：「不行，不行，不行！我不要這樣去愛人和被愛！我不能若無其事的樣子，照常來陪你們聊天玩耍，我做不到……你不知道她剛才是什麼樣子……她完全誤解了我。我對她只不過是憐憫，純粹是憐憫，再沒有別的什麼。」

伊蘿娜一聲不響地望著前面在出神。

「是的。」最後她嘆了口氣說，「一開始我就怕是這樣。這是感覺得出的，但現在怎麼辦呢？用什麼方法向她說穿呢？」

我們一齊默不作聲了。因為要說的都已說完，打破僵局的辦法誰也想不出來。過了一會，伊蘿娜忽然坐直了身子，像傾耳諦聽什麼，同時我也聽見有汽車開到門前的聲音，那一定是柯克斯夫。她急忙跳起來說：

「你最好現在別見他。你太激動了，沒法和他平靜地談話……等著，我給你去拿佩劍和軍帽，你可以從後門走出去。我會替你找個不能留下來吃晚飯的藉口。」

一會兒她把我的東西全拿來了。剛好約瑟夫忙著去給柯克斯夫開車門，趁這機會，我什麼人也沒遇到便溜出去了——這是我第二次又像個小偷似的溜出這座不祥巨宅。

年輕無知的我，過去總以為愛的渴望是人生最痛苦的事，現在才知道還有另一種更可怕的痛苦是不情願地被愛，而又為顧全別人的感情不能拒絕。對於這種不和諧的關係，男人也許特別能充分感覺到那悲劇氣氛，因為他的拒絕會立刻變成苦難和罪過。女人拒絕異性的追求，是先天性的特權，即使拒絕了一個最熱烈的愛情，也不會被認為殘酷，但是，如果命運女神錯亂了安排，讓女人打破了羞怯的本性，不顧一切地向一個並無把握的異性獻出她的熱愛，而對方表示著冷淡和拒絕時，那結果就不堪設想了。男人拒絕女人的追求，等於損傷她的最高貴的自尊。女人一旦向你暴露了她的感情弱點，通常那些男性可用來保護自己，謀求擺脫的禮貌、殷勤和友誼溫情，便立刻失去效力，變成無用的廢物。不是接受便是拒絕，而你的拒絕又會成為良心的歉疚，不管你是多麼無辜，一副可憎的桎梏將永遠鎖在你的身上。剛才你還是個自由人，對誰也沒有負欠，忽然之間就成了別人慾望下的捕獲物。想到有一個自己並不愛的女人在那裡日夜不停地想念著你，你會立刻不寒而顫，因為她不但是全心全意地愛慕著你，並且是整個肉血之軀在渴望著你，她要佔有你所有的一切。從此之後，不分晝夜，總有個人在狂熱地等著你，你成了她夢和醒的中心，你逃無可逃，因為她像一面追隨著你的鏡子，隨時隨地把你映照在她的裡面，

你成了別人心中的囚犯，再無一刻的輕鬆自由。不管你是多麼痛恨，多麼害怕，再也無法擺脫這種看見別人為你受苦的良心重負——這是男人痛苦中的痛苦，無辜的刑罰！

即使在最荒唐的白日夢中，我也從未想到會有女人如此瘋狂地愛上我。不錯，過去我也聽見同事們誇說過這個女人那個女人怎樣怎樣追求他們，甚至我也加入其中去開玩笑、尋開心，絕未想到過任何方式的愛，即使是最可笑、最可卑的，也關係著一個人的命運，一個人無意中就會欠下感情的債。但是聽來和讀來的事情總有點像過眼雲煙，不會有深刻印象，必須自己親身經驗了，才會在心靈上領悟到感情的本質和真相，現在這親身經驗的時機到了，但加在我身上的負荷是多麼不可思議的更為沉重呵！如果說拒絕一個女人的愛是殘忍的事，那麼要對這可憐的女孩說「不」將是怎樣可怕呢？一個被命運虧待的殘廢者，她忍受的痛苦已夠大了，現在還要我給她更重的打擊嗎？一個曾經引起我的憐憫之情的女孩，竟要我來粉碎那支持著她信心的最後一點希望嗎？

但是，已經沒有選擇餘地了。我在心靈上意識到這危險之前，身體上已自動地抗拒過那突然而來的擁抱了。人的本能往往比思想更有先見之明，在一開始我已模

糊料到自己沒有忘我的魄力去愛一個跛腳女孩，也沒有足夠的憐憫維持著模稜的感情。這是一條險徑絕路，不是她便是我，那也許兩人一齊，要被這無望的愛造成不幸。

這天我是怎樣回到城裡的，自己永遠也搞不清楚。只記得很快地走了又走，心裡反覆地想著一個念頭就是離開，離開！離開那座房子，離開那些煩惱，離開那些人，永遠不再回來，永遠不再憐憫，永遠不再落進圈套。我甚至想到怎樣脫離軍隊，怎樣弄點錢去周遊世界，遠走高飛，讓那慾火的狂焰再也燒不到我！自然這全是迷亂的夢想，不是清醒的計劃，我走了又走，活像個夢遊者。最後到了公路上時，天色已經全黑，我才略為冷靜，急急走回宿舍，想休息一下紊亂的頭腦。但我剛躺到床上，勤務兵便來敲門了，我大聲告訴他：「誰來，都說我不在。」他服從地走開，但一會兒又拿著一封信回來了。我接過那長方的藍信封，又厚又重，簡直像個包裹，並且在我的手裡好像是一塊燃燒的煤炭，用不著看，我就知道是誰寫來的了。等一會，等一會！本能在警告著我，不要讀它，現在不要讀它！但我不聽理性的吩咐，還是把它撕開讀著，讀著這封信拿在手中越來越抖的信。

這是一封字跡潦亂的六張紙的長信，這是一封人生中只能寫一次收一次的情

書。那些字句像傷口湧出的鮮血，不分段落，不加標點，甚至是一個字接連著另一個字。就是多少年後的現在，我還能隨時在心裡逐字背誦著，因為我讀的遍數太多了。這信一開頭就說：

「我給你寫過六封信了，總是寫好了又撕掉，因為我不要洩露自己，我不要，我要盡力隱藏。幾星期以來，我掙扎了又掙扎地來把我對你的感情遮掩。每次你以朋友的身份，坦然自若地來看我們，我便命令我的手不要發抖，我的眼不要閃光，省得令你不安；甚至，有時故意對你粗暴無禮，不要讓你看出我那心的燃燒——總之，我想盡了所有的方法來控制自己，但是，今天事情終於還是發生了——請相信我，那完全是違反我的心意，使我自己也大吃一驚的，我不知道怎麼會做出這樣的事來，實在覺得羞愧，恨不得把自己鞭打一頓。因為我知道，呵，我知道把自己獻給你是多麼瘋狂的事，像我這樣的殘廢者是無權愛人，也無資格被愛的，她只應該躲到角落裡悄悄死去，不要再連累別人。本來對於你，無論如何，我也不敢有所表示的，但那裡想到你竟忽然向我保證，我還會有成為正常人的可能，有一天我也可以像千千萬萬不自知的幸福者一樣能運用兩腿自由活動，於是我的絕望中又有了希望。

但我下了鐵一般的決心，在我恢復成人形，像其他女人一樣之前，絕不向你洩露我的愛慕，只是我渴望病癒的心是那麼迫切，當你俯下身來的時候，我忽然覺得自己成了另外一個新生的健康者！你知道，我這樣的夢想和渴望已經太久了，在這貼近你的一刻中，我的眼前只有你，心中也只覺得我是希望中的我，完全忘記了我的跛腿事實。一個人成年累月，日夜不停地做著唯一的白晝夢，他會忽然信夢成真，你能了解這情況嗎？就是由於這一時的瘋狂幻想，我才做出了違反心意的荒唐舉動，也是因為我太急於擺脫殘廢的痛苦，以致神魂迷失不由自主了。請相信吧！了解吧！

本來是非等我行走自如，絕不讓你知道的心事，現在你已經知道了，你已經知道我為誰求醫，為誰而活了——在這世界上就只為了你！只為了你！親愛的，看在愛的面上，原諒我吧！不要害怕，不要躲避，不要以為我一次失檢忘形，就會接二連三地來煩擾你，甚至想抓住你。不會，我敢向你發誓說不會——你將再也不會被我追求，我要控制著自己，耐心地等待，等待上帝見憐，使我痊癒。所以我懇求你別怕，要記住，我是鎖在輪椅上一步也不能行動的人，絕不會跟隨你、追逐你；要記住：我本來是像一個受刑的囚犯，生活中只有痛苦煩躁，直到你的突然出現，我

才第一次體驗了什麼是快樂。請想像一下看：幾年來我不是躺在床上，便是坐在椅上，時光慢得那樣令人難以忍耐，最近，一天中總算有那麼一兩小時令人有所期待了。可是你來了，我並不能像別的女人那樣起身相迎，只有坐在那裡控制自己，保持鎮靜，對於自己的每一句說話、每一個眼色、每一種表情都加以反省，使你不會想到我的暗戀。每次你毫無猜疑地走了之後，我便很得意地慶幸掩飾成功，這種快樂雖然充滿苦味，究竟還是快樂。

但是現在一切都完了。我再不能否認我對你的感情，只有求你不要因此對我卑視。就是最下賤最可憐的人也有他的自尊，如果你為了我洩露心事而看不起我，那是我絕不能忍受的。我並不希望你回答我的愛，你知道，我不要你做任何犧牲，任何憐憫，只求你允許我等待，靜靜地等待，不要就此一腳把我踢開。當然，我知道連這也是苛求，不過，對於一隻狗，都能給牠有默默注視著主人的快樂，而對於同類的人，賜與這麼一點幸福，真的會是過份嗎？真的會用鞭子抽打把他趕開嗎？不要再懲罰我吧，我自己的羞愧已經夠受了。無以自容時，我會走上絕路的。

但是，不要驚惶，我不會恐嚇你，騙取你的同情代替愛情，那憐憫之心是你出自本意早就表達的，而我一點也不願接受。現在我請求於你的是寬恕和忘記所發生

的一切。

再也不要想到我說過的話，答應我，告訴我，說我並沒變成討厭的東西，你還會照常來玩！你不能想像我是怎樣怕失去你，自從你走出我的房間，把門關上之後，我就怕那是最後的訣別，因為當時你的臉色那麼蒼白，你的眼神那麼恐怖，使我在狂熱中感到一陣冰冷。後來約瑟夫告訴我，你從我這裡衝出，便跑去拿你的佩劍和帽子，立刻溜走不見了。我知道你是像躲避瘟疫似的在躲避我，我這話並不是責備——我完全諒解。在所有的人中，我是最怕看我那醜怪樣子的，因此遇到別人看見我害怕時也最能了解。誰猛然看見我能不嚇得後退或跑開呢？

讓我再說一遍：寬恕吧，這生活中如果沒有了你，那就只有絕望了。請給我一個回條，隨便寫的回條，或是一張白紙一朵小花——只要是表示意思的一點東西就行，只要讓我知道你沒有踢開我，我沒有變成你的厭物就好了。再過幾天，我就要離開，幾個月才回來，你的痛苦只要十天八天就會過去的。不要去想我的痛苦是否要加重千倍，只要想著你自己就行，因為我總是在想著你，只有你！不久你就可以解放了，照常地來吧！此刻先給我一個回音，在得不到你的寬恕之前，簡直像不能呼吸，不能思想，不能感覺。如果你否定了我愛你的權利，我將不願也不能再活下

去。」

我讀了又讀，從頭到尾，一遍又一遍，兩手在顫抖，頭筋在猛跳，知道自己被人這樣拼命地愛著，那驚愕真是難以敘說，而且越想越怕，彷彿做起白晝的惡夢，直到勤務兵敲門進來，我才清醒了一下，但接著又陷入了新的迷惘。我讀完那長信還不到兩小時，第二封信又來了，看見勤務兵又遞上一封同樣的信，簡直不由得生起氣來。這怎麼得了！以後可不要每天日夜不停地一信又一信地送來，如果我寫了回信，她要再回信；如果我不寫回信，她要來信催問，總之，她將每天每天不停地有所要求，她將寫信來，打電話來，並且派人來，探聽我的一舉一動。看來我要完了，她再也不會放鬆我。那老人柯克斯夫和他跛腳女兒都是熱狂頑強的典型人物，這發瘋的愛一定會把我們弄得你死我活地毀滅。

我在心裡自言自語著：這封信不要去讀它，至少今天不要去讀，不要更深陷下去，你是經不起拖拉的，你會被弄得粉身碎骨，最好把這信撕掉或是原封退回，不要去理會一個陌生人的暗戀。我本來不認識他們這家人，現在也說不上深交，隨他們怎樣吧！但是接著又想：也許她會因為得不到我的回信，做出想不開的事來，對於熱狂的人是不能置之不理的。是不是應該趕快叫勤務兵送個回信去呢？總之，我

要做得心安理得才是。於是，我把第二封信也拆開來了。謝天謝地，這信總算很短，只一張紙，開頭也沒稱呼，潦草地寫著：

「趕快毀掉我前一封信！我是一時發瘋，寫的完全是胡言亂語，不是真話。明天不要來，為了我在你面前的失檢，我要懲罰自己。不要來，我不准你來。也不要回信。毀掉那封信，把每個字都忘記，再也不要去想它！」

「再也不要去想它！」真是孩子氣的命令，我怎麼能不想呢？我不但在想那些如醉如癡的言語，並且在想怎樣抗拒怎樣逃避這火一般的熱情。一夜沒有安眠，想來想去，最後想到康特醫生，我決定去維也納向他求助，他是唯一了解蕙迪，能給我指點的人。好在明天是周末，我可以自由外出，同時多虧有這第二封信，不管那叫我明天不要去的話是真是假，總可抓住做為藉口，爭取這一兩天緩衝的時間。主意打定，將要矇矓入睡了，忽然又想到這第二封信會不會是一種試探？我不理會第一封信的請求，而接受第二封信的命令，這不就是一種真情流露嗎？多疑而驕傲的她能忍受嗎？想到這裡我又再度驚醒，一直無眠地盼著天亮。

第二天不知怎樣過的。下午我到了維也納，打電話和康特醫生約好會面時間，準時到了他的家中，走進那幽暗的客廳坐下來。這已是暮色蒼然的黃昏，而醫生推

門進來卻並未順手開燈，他似乎故意要保留那適於傾訴心事的氣氛，知道我不是個尋常訪客。我要起身相迎，他也一把按住我的肩頭說：

「別動，我就要坐在你身旁，這樣談起話來容易點。」他的手似乎有催眠法術一般，使我立刻安靜不少。他坐下來後又說：「看你這樣子，一定是有什麼事發生到你的身上了，通通告訴我吧，不要怕羞，我會了解的。」

於是我把意料不到的蕙迪的舉動和我的痛苦、害怕以及為難之處，都源源本本地向他敘述著，並且把信拿給他看。他既不吃驚也不發問，除了眼鏡的反光在我面前不時閃耀之外，一動也不動地靜聽著。我說完了，他還默然了一會，才把自己的手指節用力地捏著，發出剝剝的聲響。

「原來如此，」他像在自言自語，「我只顧注意病人的身體竟忽略了她的感情，那天我去給她診查就覺得有點異樣，很納悶她為什麼忽然那樣著急問東問西，恨不得一下子就把病治好。我曾懷疑也許是有別的醫生來看過她，對她說了什麼不負責任的寬慰話，竟沒想到這最簡單自然的一點。她正在戀愛的年齡，很容易陷入情網，這是誰都難免的，糟的是偏發生在這時候，又來得這麼激烈。唉，可憐的孩子！」

他說完站起身來，在屋裡來回地走著。

「真糟！」他嘆了口氣說，「偏偏已決定了動身往瑞士，這是不能更改了。但她現在醫病都是為你，不是為她自己，有一點半點的進步，是絕不會滿意的，她的希望太高了，天哪！我們責任怎麼負呢？」

這時，忽然有一股反抗的情緒在我心中升起來，很生氣自己被牽扯到這件事情裡面。再說，我來的目的本是求擺脫的，實在不願意聽到「我們負責任！」之類的話。

「我和你想的完全一樣，後果不堪設想。」我堅決地插嘴說，「我們要趁早制止這種瘋狂的發展，你應該採取堅強態度，明白告訴她。」

「告訴她什麼？」

「怎麼……像這種癡情當然不過是孩子氣的胡鬧，你可以勸導她，使她醒悟過來。」

「勸導她？勸導她什麼？勸她跳出情網？勸她不要癡情，不要戀愛？你聽說過有感情的邏輯嗎？有人能對熱度說：『停止發熱！』或是對火焰說：『停止燃燒！』嗎？你真是異想天開，竟要我對一個癱瘓者說：『不要像正常人似的想到愛，不要

以為人家會對你生情。快躲起來，放棄那些綺麗夢想吧！』我知道你要我說的就是這個，但你可曾想到後果嗎？」

「但是你必須……」

「為什麼我？明明是你的事，為什麼要我來……？」

「我總不能自己去告訴她……」

「你不但應該，並且必須負起責任，最初使她鍾情的是你，現在你不能希望別人叫她清醒過來。並且在這時候，你絕不能有一點表示，讓她覺得被人厭棄，那會致她死命的。」

「不過……」我有氣無力地說，「應該叫她認清……」

「認清什麼？請說明白點好嗎？」

「我的意思是說……這絕無希望……簡直可笑……她不應該……」

我說不下去了。康特醫生也默然不語。過了一會，他忽然起身把燈扭亮，全室大放光明，照耀得我一時睜不開眼來。

「哈！」康特醫生提高了嗓子說，「這燈光使你不大舒服是不是？不過，有時候我們是需要面對面望著眼睛說話的。你這次來的目的，絕不止是要說這幾句，我

看得出你已別有打算，如果，不坦白說出，我可要不奉陪了。」

他的眼鏡片又在我面前反光照耀，使我不由得垂下眼皮。他繼續說：「我知道，你為了她的示愛，想就此取消你那所謂友誼，是不是？」他等著我的回答，見我仍默不作聲，又進一步質問著，「你有沒有想到你突然撤退之後，她會怎樣？你當初的同情一下子就全沒有了嗎？」

我還是沉默著。

「好，關於這方面，我就再說說我個人的意見吧。我認為那樣的躲開，是可憐的懦夫行為……來，來，先取下你佩帶的那些軍紀符號，不要談什麼軍人的榮譽，因為眼前的情況比那更嚴重，這有關一個我負責照料的年輕生命的存亡。在這種緊要關頭，我不能再講求禮貌，讓我直接了當的告訴你吧：你絕不能在這時候避不見面，甚至一走了之，那是對一個無辜孩子的罪行——我怕——甚至可能是一種謀殺。」

他越說越激動，穿著睡袍拖鞋的小老人忽然舉著拳頭向我走來，如果是別的時候，那樣子會令人覺得非常滑稽可笑，但這時竟充分表現著凜然不可侵犯的神情，聲色俱厲地又說：

「會成為謀殺——謀殺！不錯，謀殺，聽我告訴你！那麼敏感驕傲的一個女孩子，第一次向人打開她的心扉，而她心目中的情人竟像看到惡魔似的掉頭跑掉，你想她怎麼受得了，還能活得下去嗎？請你再為人設想一下吧！難道你讀了她的信，竟絲毫無動於衷嗎？就是一個健康的正常的女人也受不了這種打擊，而這個被痼疾所苦的女孩，此刻不單陷入情網，又正為你生出求治的希望，又怎能承當這雙重的絕望？就算這驚駭不能致死，她也會設法自殺的。上尉先生，你和我一樣心裡明白，這位熱情如火的女孩子是受不了任何屈辱的。你明知後果的嚴重，還想一走了之，這種行為不只是懦弱卑鄙，簡直是狠毒的蓄意殺害！」

他說到「殺害」這字眼時，好像一個閃電，使我又望見那女孩子雙手抓住五層高樓的平臺欄杆，想縱身下跳，幸而被我及時拉住的一幕往事，康特醫生的話絕非故做驚人的誇張。我沉思中又聽見他說：「怎麼樣？你能否認嗎？讓我們來談談軍人應有的勇敢吧！」

「但是，大夫……我怎麼辦？……我不能被強迫著……說我不想說的話……我怎麼能裝出和她一樣的熱狂？……不行，我受不了，受不了！」我大聲嚷起來說：「不行，我不願意，我做不到！」

大概是我的聲音太大了，他用力抓住我的胳膊向下按著說：「安靜點！看來我也要把你當病人看待才行，坐著別動！在這椅子上曾經討論過很多更嚴重的問題，別激動，讓我們慢慢地一點一點的來談。先說你剛才喊的『受不了』，是指什麼？這個可憐的孩子神魂顛倒的愛上你，竟使你覺得這麼可怕嗎？」我深深吸了一口氣，正預備回答，康特醫生又緊接著說：「別著急回答我的話，我很了解男人遇到女人主動向他告白愛情時那種驚慌滋味，我完全了解，不過在你的情形中，我要先問問，是否還摻雜著別的因素？我的意思是說像你這特殊情形……」

「什麼特別情形？」

「就是……關於薏迪……真不知怎麼說才好……我的意思是說……是不是她的殘廢引起你的憎惡……生理上的憎惡？」

「沒有，絕對沒有。」我堅強的否認著。同時心裡在想：如果憎惡，我怎麼會生出憐憫之情，天天去陪伴她安慰她，因而引起誤會呢？她的殘廢不但沒有使我憎惡，相反地是感動了我。於是我更理直氣壯地重複說：「沒有，從來沒有過。你怎麼會想到這上面的？」

「沒有就好，這可以使我容易下判斷。你知道，當醫生的人常常有機會觀察人們的心理狀態，可是我一直不能了解，有的人為什麼那樣重視肉體的殘缺，女人有一點不正常，就要表示嫌惡，而且這種感情像天性一般難以更改。你沒有這種毛病，那就好辦，我可以做第二步推想了……恕我直言，好不好？」

「當然，當然……」

「你的恐懼是起因於想到後果……我的意思是說……怕別人知道了要笑你……怕在別人和你同事眼中，變成可笑的對象……」

康特醫生的話像利劍似的刺進我的心裡，這正是我早就有點意識到而一直不敢去想的。正是為了這個，從一開始我便在同事面前竭力避著不提起我和那跛腳女孩的微妙關係，把我在柯克斯夫家的生活和軍營生活劃分成截然無關的兩個世界。康特醫生猜測的一點也不錯，我知道了她對我的感情後，覺得羞愧難堪的主要原因，就是想到了別人會怎樣想我。」

這時康特醫生那有磁性的手又忽然拍了拍我的膝頭說：「不要難為情，這是我最能了解的。你知道我的妻子是瞎子，沒有人能了解我為什麼會娶她，生活中任何有點違反常規的事，都會使人開頭覺得奇怪然後感到憤怒的。當時在我同行中立刻

謠傳著我是為診治錯誤，怕被控告而娶了她，另外還有些所謂朋友向人散佈著說她很有錢，我娶她是希望得筆遺產。因此連我的親娘都有兩年之久不肯承認這個兒媳和她見面。在這世界上，她只一心一意地信賴著我，沒有我的支持，她是沒法活下去的，現在我可以告訴你，我從來沒有後悔過我的抉擇，請相信我的話，作醫生的人，頭腦是絕對清醒的。我們都知道：個人的力量是很難應付生活環境中無邊的苦難的，所以我們要人幫助，也樂於助人。一個人如果知道自己救助了一個人，得到一個人的信賴，完成了一件事情，會有說不出的滿足愉快。總之，一個人要知道自己的生活是漫無目的的呢，還是有個目標？如果能使別人的生活因我而有所改善，就是自己受點苦都很值得。相信我的話吧。」

他那沉重而又顫抖的聲音深深感動著我，好像一種壓力進入我的胸中，使我的心膨脹開朗，想到那殘廢可憐的女孩，憐憫之情又油然而生了。可是我又恨自己的多情善感，在心裡警告著自己：「不要讓步，不要又被拖下水去！」於是抬起頭堅定地說：

「大夫，每個人都知道他自己力量的極限。你不要對我指望得太多。現在能救助蕙迪的是你不是我。坦白地說吧，我對這件事已經熱心得太過分了，我不是你所

誓，我說的是實話，請別把我估計得太高。」

康特醫生望了我一眼說：

「上尉先生，我還要再問你一遍：你知道不知道那必然的後果？出了什麼事，你不會於心不安嗎？」

我又陷入沉默。康特醫生停了一會，接下去說：「那麼聽我說吧：我並不想對你苛求。只想請你答應我最重要的一點。我們說服了薏迪到瑞士去接受治療，她為了你的緣故已決定出去幾個月，你知道再過一星期就要動身的。這一星期我非請你幫忙不可，就是說在她動身之前，你千萬別露出使她難堪的樣子。當一個人把生命作賭注的時候，我這點請求總該不算過分吧？」

「好……但是以後呢？」

「此刻我們不要想得那麼多。當我施行手術切出一個瘤時，從不敢浪費時間去想切除後會不會又生出來，任何事都是變化莫測的，我們只能盡人事聽天命。幾個月的期間會有很多變故，也許她的病真會見好，也許她的熱情漸趨冷靜，都是很難

說的。眼前你只要記住提醒自己：為了挽救一個生命，千萬別傷害她，別冒犯她，別刺激她，一星期，六天，五天……很快就會過完，當真一星期的堅強忍耐，你都不能做到嗎？」

「呵，能。」我衝口而出地回答，又加強著語氣說，「一定，我一定會做到。」知道要我做事是有期限的，我忽然覺得有了新的勇氣。康特醫生重重地嘆了口氣說：

「好，那麼，這就算說定了。只是還有一點，我們當醫生的人喜歡顧慮週到，早做預防。我的意思是說，萬一在這一星期中，你被多疑的薏迪折磨得有點受不了，可務必隨時告訴我知道，在這最後的緊要關頭，絕不能讓她受一點刺激，很小的一點刺激都會成為致命傷的。如果你覺得後悔，想半途而廢，也用不著害羞，趕快告訴我，我是看慣了赤裸裸的肉體和崩潰的精神的人，什麼都不會在意。不論是白天還是夜晚，你隨時打電話來，我都可以給你幫助的。」他站起身來，拍了拍我的肩膀又說，「這次你來得太好了，我們總算把事情徹底談了談。要是你不聲不響地做了決定，不了了之，那真不知會發生什麼不幸。由於自己的不負責，結果演成悲劇，那痛苦的記憶是終生難忘的，因為一個人什麼都能逃避，就是逃避不了自己

的良心。親愛的朋友，你務必要相信我的話！」

他叫我「親愛的朋友」時，那語調的親切溫暖，深深感動著我，他知道了我的懦弱卑怯，竟仍然毫無輕視的意思。這位捨己為人、精通世故的老人，幾句話便使一個年輕無知容易犯錯的青年，重新建立起信心，我忽然覺得如釋重負，衷心愉快地回答說：

「大夫，請放心。這最後一星期內，我一定每天去看她，如果有什麼事故發生，我會立刻通知你，不過，我相信不會有什麼事，絕無困難。」

「我也這麼想呢。」他微露笑容，點頭表示同意，我們互相了解地握手道別。

回到軍營已是半夜，疲倦欲眠，而又興奮得難以入睡。

一星期！自從康特醫生給我定了這個時限，我又再度對自己有了信心。只是想到在薏迪告白了愛情之後，將要第一次和她晤面的那頃刻，仍覺不勝恐懼，經過那些狂熱的擁抱，再想坦然自若，是絕不可能的，她一眼望見我的時候，準是在心裡詢問著：「你原諒我了嗎？」或是更進一步地逼問：「你能承受我的愛，給我同樣回報嗎？」初見之下，她將會害羞地望著我，滿臉忍不住的焦急，那時刻恐將是最危險最有決定性的剎那，如果說錯一個字，做錯一個表情，就會全盤洩露出絕不能

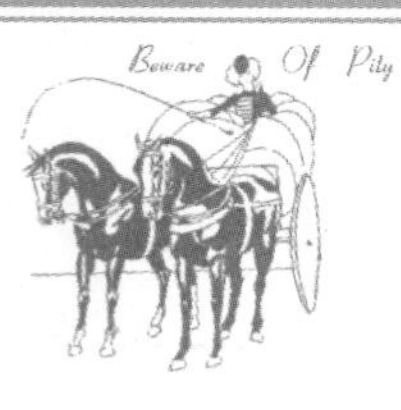

洩露的冷酷實情，使她的情感受到突然重擊，違背了康特醫生對我的熱切叮嚀。不過，這一刻過去之後，我就能得救，並且進而去拯救她了。

第二天我一踏進柯克斯夫家的門，便立刻看出薏迪也正有著和我一樣的焦慮，已經預先把我們的會面安排在人多的場合。我還站在大廳裡就聽見有女客在談笑的聲音，不用說是她故意請來的親友，為我們的尷尬初晤作個緩衝的橋樑，並且算好一小時後就離去，不再打擾我們的清靜。

就是這樣，當我要進客廳之前，伊蘿娜不知是被薏迪指使還是出於自動，急迫不安地跑出來，把我先拉到那個我碰巧認識的卜瑞賽太太和她的女兒面前，為我們介紹，暫時讓薏迪在旁冷落著。因此我擔心著的初見一瞥總算輕易混過了。伊蘿娜把我領到桌旁、和大家一齊喝茶聊天。

我應付著那位鄉下姑娘，薏迪是和那母親在交談。為了不怠慢客人，我們兩人之間的感情洪流總算遏止了氾濫，並且我可以避開視線，暫時不必去注意薏迪，但直覺上我知道薏迪時時不安地向我望著。最後那兩位女客起身告辭，伊蘿娜很機敏地把我們安置著說：

「讓我去送客到門口，你們倆先開始下棋好了。關於旅行還有一兩件事要辦，

一完我就來。」

「你願意下一盤棋嗎？」我居然能用平靜的語調對薏迪問著。

「好的。」她回答著。她們剛走出屋門，她便把眼睛低垂下來了。

她繼續不動地望著自己的胸口，我便去把棋子倒出來，為了混過時間，慢條斯理地擺著。照規矩，我要拿黑白兩個棋子分別握在背後的手中，讓對方來猜，以決定棋局開始時誰先走。這辦法是喊叫「左」或「右」的，但就是這麼簡單一個字，兩人都好像不約而同地怕開口，不管怎樣，我們都要避免說話。我們的思想要整個集中在那棋盤上的六十四個方格子裡面，我們的視線要盯著那些棋子，連那移動棋子的手指都不去望一眼。我們裝出那種國手棋士所專有的聚精會神的樣子，好像除下棋之外，什麼都忘記了似的。

但是，一會兒這棋局便非結束不可了，因為薏迪完全輸了，她接連走錯幾個子，從她舉棋不定的手指上，顯然表示出她再也不能忍受這沉悶了。在第三局的中間，她忽然推開了棋盤說：

「夠了！給我一枝煙。」

我遞給她那銀煙盒，接著去劃火柴，火柴劃燃之後，我再不能避開她的視線了。

她兩眼向前定定地望著，但並不注視任何東西，也不轉向我，只是像被憤怒凝結了似的，動也不動地瞪著空間，同時那眉頭又像弓一般聳著，我立刻看出這又是要爆發脾氣的預兆，不由得驚慌阻勸著說：

「不要！請不要！」

她仰身靠到椅背上，顯然全身升起一陣顫慄，手指更用力地按著椅子扶手。

「不要，不要！」我一再懇求著，但除了這個簡單的字眼，再也想不出別的話來。她眼中湧出無聲的淚水，已經開始在流了。但這次不是放聲大哭，而是比那更可怕的，強忍著而仍從牙縫洩出的心的低泣。

「不要，不要這樣，求求你！」我俯身握住她的手臂，竭力安慰著，想使她平靜下來。忽然像有一股電流從她的手臂通到肩頭而後散佈到全身。

她的發作一下子平息，回到了正常的冷靜，只是仍然一動也不動，似乎聚精會神地用整個身軀在體會我這一觸的意義，是好心？是愛意？還是憐憫？這種屏息凝固的等待真是太可怕了！我簡直鼓不起勇氣抽回那搭在她身上產生了如此魅力的手，同時卻也無力去給她所期待的愛撫。好像那手已不是我身體的一部分似的，由

它停留在那兒，可是我又感覺到她身上沸騰的熱血洶湧地向著那一點地方奔流著。

我的手鬆軟地停留在她手臂上不知過了多久，因為那幾分鐘的時間像那室內的空氣一般靜止了。過了一會我忽然覺得她那緊張的肉體微微鬆弛下來，她的視線開始活動，輕輕舉起右手把我的手拉到她的胸口，然後左手也羞赧遲緩地搭上去。她雙手溫柔地抱著我那男性的粗手，起初僅像好奇似的輕摸著我那不動的手掌，給我一種微風吹拂的感覺，接著又從手心摸到指尖，翻來覆去看了之後，又對我的指甲仔細端詳，最後不顧一切地把我的手緊緊地壓著握著，使我感覺到由於這一隻手的不加抗拒，她像在把我整個人擁抱，並且她抱著我的手向後仰靠著，閉起眼來，彷彿要到睡夢境界做更深的陶醉。過去在任何熱情之下，我都從未經驗著如此動人的女性擁抱。

這樣不知過了多久，我始終鼓不起勇氣抽回我的手，這種溫柔的撫摩，實在比以前那些狂熱的親吻更多催眠和麻醉的力量。我忽然記起她曾經說：「我只要求你接受我的愛，……」像在模糊的夢境似的，我現在是一面接受著溫存，一面又本能地覺著完全被愛的可羞，因為我毫無感情的衝動，只是感到一種迷亂煩惱的新奇刺激罷了。

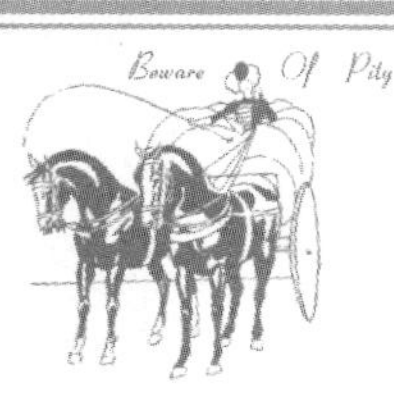

漸漸地我對於自己的失去主動生起氣來，對她那柔情萬種的觸摸也覺不勝厭煩了。就像一位半睡半醒的人忽然聽見教堂的鐘聲，我知道不能不有所表示了，這危險的遊戲絕不可再繼續下去，於是欲繃緊了肌肉，慢慢地把那隻她雙手捧抱的手，向外一點一點地抽著。敏感的她卻立刻發覺，一下子便放開了，我縮回自己的手倒覺慌張起來，因為她臉色立刻陰沉，嘴角也在撇了。

「不要！不要這樣」我低聲警告著說。再想不出說什麼好，便又加上一句：「伊蘿娜一會兒要回來的。」

她聽了這空乏無力的推托之詞，開始更厲害的顫慄起來。我趕快彎身在她額頭輕輕一吻。她立刻抬起眼來嚴峻地望著，好像要穿透我的頭腦，看看我在想什麼。我從來無法騙過她，因為她出奇地敏感，現在她知道我抽手就是要脫身，我那匆促一吻也絕無真愛，不過是出於窘困和憐憫。

最後這幾天我所犯的大錯就是想盡辦法竭力掩藏自己的情感，不讓她有一點發覺她的示愛使我厭煩。我一次又一次地在心中記起康特醫生的警告，無論如何絕不可在這緊要關頭使這不幸的孩子再受精神打擊，否則造成嚴重的後果，我將難逃罪責。我在心裡不時自解自勸著「讓她愛你吧，偽裝起你的感情，只要過一星期，就

能保住她的自尊心不受損傷了。聲音放溫柔點，態度放體貼點！」

我的做作全無效果，大概是有不自然的地方被她看穿了。再者一個女人明白示愛之後，她唯一期待的是同樣的回報，別的什麼能代替得了呢？有時在談話之中，我興高采烈地表示著對她的友誼和信心時，她總從那灰眼睛投出一股冰冷的光來，使我不由得低頭垂目，好像她那眼光能透視到我的心底似的。

這樣子過了三天，我痛苦，她也痛苦。在她的睇視裡或是沉默中，隨時可看出她那焦急的等待。到了第四天的時候，我真覺應付得精疲力竭了，但還是照例在下午早早地來看她，並且帶了一些花。她接過花並沒有認真地看著，便隨手放到一邊去，好像表示她漠不在意，別以為用花就能討好。「噯呀，幹嘛還要帶這麼好看的花來？」輕蔑地說完，便又把自己關進那示威似的沉默裡。我竭力去做輕鬆的談話，但她僅僅有時回答聲「噢？」「這樣嗎？」或是「多奇怪！」明顯地表示著我的談話使她厭煩。

最後我的堅持力不由得軟弱下來，時時向房門望著，看是不是有人——伊蘿娜或是柯克斯夫——進來，把我從這表演「獨腳戲」的困境中解救。誰知就連這也逃不過她的眼，她忽然用忍住責難強做關懷的口吻問著：「你在尋找什麼？」我羞愧

得急忙吶吶回答：「沒有，沒有什麼。」其實，最聰明的辦法，這時我應該接受她的挑戰，先發制人地反問著：「你向我要求什麼？為什麼這樣折磨我？如果你不要我在這裡，我就走開好了。」但是我答應過康特醫生絕不說刺激她和引起爭吵的話，所以我沒有直接了當地打開僵局，相反地竟敷衍了兩小時之久，像通過炙熱的沙漠一般，好不容易才盼到柯克斯夫進來說：「我們去吃飯好嗎？」

我們圍著桌子坐下來，薏迪坐在我的對面。她誰也不望，什麼也不說，在她的沉默之下，我們三個人都感到緊張不安。糟糕的是我還想改變局面，把話題引到軍隊生活上，大講特講，最後說到長官的專橫無情，我故意做出輕快的口吻對柯克斯夫說：「今天我總算準時得到了外出假，明天怎樣就只有天知道了，我們的長官是把自己看成主宰一切的全能上帝的化身的。」這本來是不會冒犯誰的，忽然拍的一聲，薏迪把一直揑弄著的餐刀摔到盤子那邊去，我們一齊吃驚望著時，她嚷著說：「好了，假使你到這裡來，那麼厭煩，你還是留在軍營或是咖啡館裡吧，沒有你，我們也過得很好。」

我們都屏住了呼吸，好像忽然從窗外射進了一聲槍擊。

「薏迪！」柯克斯夫滋潤了一下嘴唇說：

她仰身靠在椅背上，諷譏地說：

「我們實在應該放他一天假。我這方面是絕無問題。」

柯克斯夫和伊蘿娜驚慌失措地對望著，顯然是怕我忍無可忍地也發起脾氣來，於是為了他們倆，我特別用力自制著，若無其事地說：

「薏迪，你知道嗎？我的確認為你想的很對，我累得半死的樣子跑到這裡，實在不是個好伴侶。今天我一直在感覺著，我在這裡使你厭煩得不得了。不過，你對一個做苦工的人也該多加原諒才是，再說，我也沒有多久能來看你了。這房子就要關起門來，你們都要走了。真想不到僅僅還有四天——或者不說還有三天半——的時間，你們就要……」

她忽然發出一陣狂笑，尖聲嚷著說：「你們聽聽看！三天半！哈哈！他對於還有多久能擺脫我們，連半天都算出來了，我想他一定是預備了一本日曆，每天用紅筆劃掉日子，我們要動身的那天特別畫上記號。不過，你要當心，人們的計算有時會錯的呢！哈哈！三天半，三天加一個半天……」

她望著我們越笑越大聲，並且一面笑一面發著抖。這完全是一種歇斯迭里的狂笑，看得出她如果不是癱瘓，一定要跳起來了，現在卻只能發出籠中困獸似的憤怒。

「等一等，我叫去約瑟夫。」伊蘿娜悄聲說著，顯然幾年以來她已習慣了這種場面。這時柯克斯夫著急地走到他女兒身邊喃喃撫慰，他總是過於驚慌，等約瑟夫進來把薏迪抱上輪椅，他跟著走出去，連向我道歉、說再見都忘了。

屋裡只剩了我和伊蘿娜，我像從半空中跌落地上似的感到一陣暈眩驚慌，不知發生了什麼事。

「你千萬要諒解，」她低聲向我說，「她這些日子整夜都睡不著，想到走就害怕……你不知道……」

「呵，我了解，伊蘿娜。」我說，「一切我都了解，所以明天我還會來的。」

堅定起來！在回家的路上我對自己說：你答應過康特醫生的，你必須實踐你的諾言，這與你的信用有關，不管怎樣都要忍耐，好在只有幾天，你就能卸去重負了。康特醫生說的不錯，任何困境只要有限期就容易挨過，我再忍受三天是絕無問題的。

第二天快要下班的時候，勤務兵忽然進來說：「上尉，有您的電話。」

我不由得驚跳起來。最近所有的電話、電報和信件都不外乎是令人煩惱的消

息，這次她又要怎樣呢？也許她覺得昨天我提前得到解放，心有不甘，今天又想出新花樣來。我走進電話間，用力把那折疊門推上，好像要用這門隔斷我所處的兩個截然不同的世界。那邊說話的是伊蘿娜。

「我只是來告訴你，」她聲音有點緊張地說，「最好你今天不要來，薏迪不大舒服……」

「不嚴重吧。」

「呵，不……只是我想應該讓她好好休息一天，然後……」她遲疑了一會，「然後……一天是沒多大關係的。我們也許要……要延期動身。」

「延期？」我一定是說得很重，只聽見她急忙說：

「是的……不過延後幾天，我們希望……不管怎麼，我們明後天見面再談吧……也許我再打電話給你……我只是先告訴你一聲……今天不要來，希望你不會介意，還有……還有……再見。」

「好的，不過……」我對著那傳話筒吶吶地不知說什麼才好，繼續聽了一會，那邊已無聲音，電話已掛上了。奇怪，她為什麼忽然打斷了話頭好像怕我問下去似的？這裡面一定有點原因。行期已經決定，為什麼要延？康特醫生說過一星期，我

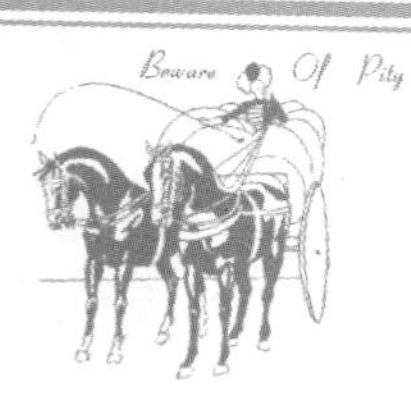

也一直作著一星期的打算，現在竟要延長下去……不行，絕對不行。我再也不能忍受，我也有我的脾氣的……要清靜一些時候……。

電話間裡真的那麼悶熱嗎？我覺得像要窒息似的，頭昏目眩地回到辦公室。好在他們仍然談論著馬的問題，沒人注意到我。我竭力鎮靜自持，心裡卻仍充滿怒氣，恨不得捏碎一隻玻璃杯或是摔打一樣東西，發洩一下才好。他們正在談論一匹無人能制服的野馬。我聽了立刻插嘴說：「真的那麼難弄嗎？讓我來試一試。」

我的騎術本來是普普通通的，現在忽然這樣自告奮勇，大家都吃驚地跳起來，一齊拍手喝采，並且立刻陪我到馬廐去。那馬看見這麼多人圍著牠，更加暴躁起來，我騎上去後，牠又踢又跳並向牆壁擠著，想盡辦法要把我摔下來。我的怒氣卻比牠更大，奮不顧身似的，不到半小時便把牠制服，由我指揮著奔馳起來。我騎著牠馳出軍營，轉了一圈想回營時，忽然背後傳來汽車喇叭的聲音，我回頭一看，竟是柯克斯夫的汽車，裡面坐著他和康特醫生，但他們僅向我揮手示意，便揚長飛馳而去了。

這是怎麼回事？康特醫生來這裡竟沒有通知我一聲。為什麼他們遇見我都不停下來說幾句話？不用說他是被柯克斯夫緊急請來的，一定是發生了什麼事情，這和

伊蘿娜在電話中所說的暫緩行期有關，有什麼事要瞞著我呢？是不是薏迪企圖自戕未成？我要不要追上去，到車站找康特醫生問問？接著我又想如果真有什麼事，他怎麼還會回維也納？怎麼會不送個信給我就走呢？也許信已送到宿舍了，趕快回去看看要緊。

一推開房門便看見有個人影在動，因為窗簾都拉下來了，屋內光線非常幽暗，以為那準是康特醫生，要上去招呼時才看出不是康特醫生，竟是柯克斯夫！不等我開口，他便急忙吶吶地說：

「上尉，請原諒我的冒昧。是康特醫生叫我來道歉，告訴你剛才為什麼沒有停車……因為他要趕火車回維也納……一刻也不能耽誤……所以他要我立刻來代他表達歉意……就是為了這個，所以我冒昧地進來了。」

他站在那裡像有無形的軛套在頸上似的低俯著頭，禿了的頭頂在幽暗中發著亮光。我知道毫無疑問地在這謙卑背後是有所圖謀的，一位疲弱的老人絕不會為了轉達別人的歉意跑上三層樓來的。我在心中對自己警告著：「要當心點，他又來要求什麼了！過去有一次他就是從這種乞丐一般的神情中對你發出可怕的指揮力的。不要讓步！不要跌進陷阱！不要問他任何話，儘快擺脫了他！」

但從這低俯在我面前的禿頭上，我看見像我那一面俯首編織一面說故事的祖母頭上一樣的蒼蒼白髮，誰能對一位病弱的老人不說一句好話就打發他走開呢？於是過去的經驗又完全失去教訓的作用，我拉過一把椅子請他坐下，同時說：

「柯克斯夫先生，你真太好心了，這麼不怕麻煩，請坐一下吧。」

他沒有作聲，怯怯地在椅子邊上坐下，又取下眼鏡來拭擦著。我心裡想：「哈，我早已領教過你的詭計，知道你這擦眼鏡不過為了爭取時間和緩情勢，等我先開口，你要我問的就是蕙迪怎樣？為什麼要延期？但我已有戒備，絕不發問，你要說什麼由你先開口吧！不，我拒絕再被牽入你的問題──我那該死的同情已告結束了！」

他好像聽見了我那沒有發出的聲音似的，把眼鏡放到桌子上，顯然知道非要他先開口不可了，但仍不抬眼望我，而對著那桌面，像從那堅硬的木頭博取同情更容易點似的說：

「上尉先生，我知道，不該耽誤你的時間。但是我怎麼辦呢？我們不能再支持下去……上帝知道事情將演變成什麼樣子，我們沒法對她說什麼，現在誰的話她都不要聽……她並無惡意，只是情緒不好，沮喪得要命……」我等著他說下去，他這

話是什麼意思？她到底對他們怎樣了？什麼事？別管它！他幹麼像說謎語似的？為什麼不直說？

那老人茫然地望著桌面。「什麼都安排了，預備停當了……昨天下午她還盼望著動身出發的，找出她要帶的書，試穿我從維也納為她買來的新衣，晚飯後忽然變了……我完全不了解。你大概還記得她那樣子，哭著鬧著說不去了，她要留在這裡，就是房子起了火她也不離開一步！她說她再也不受哄騙了，乾脆一句話，就是留在這裡，留在這裡！」

我忽然感到一陣寒慄，原來這就是她昨晚狂笑的原因。她是看穿了我心裡的打算？還是用這要挾我跟她到瑞士去呢？

我在心裡警告著自己：「不要再插腳進去！不要讓這老人看出你的激動！」於是我隨便說地：

「呵，這會很快就過去的，你應該知道她現在心緒不寧。伊蘿娜已經在電話裡告訴我了，說你們要延期一兩天。」

他深深嘆了一口氣，好像所有力氣都用完了。

「呵，天哪！要是那樣就好了！我怕的是……我們都在怕的是……她會堅持到

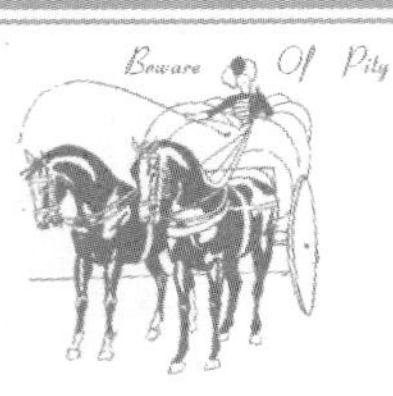

底……我不明白是怎麼回事，她好像對新的治療完全失去了興趣，對自己能不能醫好已不在意。我實在不能再忍受下去……她哭著嚷著說她看透了，一切都看透了！」

我立刻回想著：有什麼事被她看出了？是我露出了馬腳，還是康特醫生不小心，無意中讓她敏感地看出事實真相了？

「真不能了解……」我謹慎地說，「她本來是那麼信任康特醫生的……」

「就是說嘛！還有最胡鬧的是她要拒絕再做任何治療。你知道她怎麼說？她說：『無論如何，我不要再搞下去。我聽夠了謊言！我情願這樣癱瘓地留在這裡……現在我不要治療了，毫無意義！』」

「無意義？」我迷惑地重複著。

這時那老人仍然低垂著頭，但我看出他眼光的猶疑和身體的微顫，停了一會他又喃喃地說：「她哭著說『現在我治病已毫無意義，因為他……他……』」

老人深深吸了一口氣補充著力量，然後才又說：「『因為他……他……他對我的一切只不過是憐憫。』」

柯克斯夫說出「他」字時，我感到周身一陣冰冷。這是第一次他談到他女兒的

感情。最近他一直躲避著，不像以前那樣和我接近，已經使我有點覺得不自然，現在我知道了，是羞愧使他不好意思見我，因為他女兒公然對我告白愛情太使他難堪了。這時他不能不面對現實地說出來，我們兩人的心都同時像受了重重的一擊，彼此都默然地坐在那裡，誰也不去望誰。沉默凝聚在分開我們的桌面上，接著又漸漸擴大，散佈到整個空間，從四周把我們包圍。從柯克斯夫的呼吸中我聽得出這沉默快使他窒息了，如果還不說一句話，或做一個動作，再過一會我們倆都要悶死了。這時我忽然看見他奇怪的可怕的動了一下，像一堆東西似的從椅子滑到地面上，那椅子也跟著卜通一聲翻倒。

在我腦中閃過的第一個意念是他暈倒了，康特醫生說過他心臟衰弱，想趕快扶他起來，抱他到沙發上躺下，但我彎身下去才看見他並非跌落而是跪倒在地上，我要扶他起來的時候，他趁勢抓住了我的雙手。

「你一定要救救她」他哀求地說，「你是唯一能救她的人……連康特醫生也這麼說，除了你沒有別的什麼人能……我求你，可憐可憐她吧！……事情不能再像這樣拖延下去……她會做出不顧一切的舉動，她會自殺的！」

我雙手發抖地扶他站起來了，但他仍然緊握著我的胳膊，指甲掐進我的肉裡。

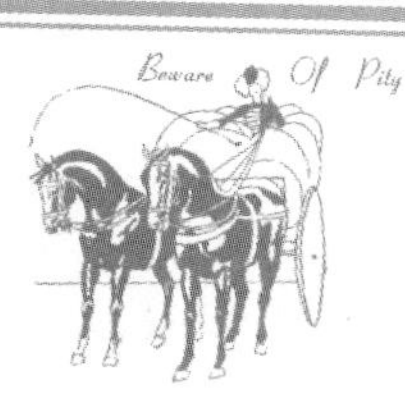

這位天方夜譚中的老人又在驅使我這軟心腸的年輕人了。

「救救她，」他暈眩不定地說，「看在上帝面上救救她吧！不能由她這樣下去……我敢發誓說，這是生死交關的事，……你不知道她在沮喪的時候說過多可怕的話……她說她要結束自己的生命，好讓你清靜，讓我們都得解脫……這不是說著玩的，是認真的話……以前她做過兩次了。……一次是切手腕，一次是吃安眠藥。她下了決心，是沒有人能搖動的，沒有一個人……只有你能救她，只有你……除了你，再沒有一個能……」

「當然，柯克斯夫先生，請平靜點……當然我會盡力去做。如果你願意，我們就立刻到府上去好了，你只要告訴我說什麼做什麼。」

他忽然放開我的胳膊吃驚地望著我說：「做什麼？你當真不了解，還是不願意？她不是已經對你表示過了嗎？這孩子現在痛苦的就是她做了那件事。她寫信給你，你不回信，她現在日夜不安的是以為你瞧不起她，要把她哄走，擺脫她……你不知道對於一個熱情又驕傲的孩子，這種曖昧不明的處境是比死都難受嗎？為什麼你不給她一點希望？為什麼你不肯吐露一個字？為什麼你對她這麼冷酷無情？為什麼你要這麼可怕地折磨一個可憐無辜的孩子呢？」

「但是我已經盡力去使她冷靜……再說，我對她說過……」

「你什麼也沒有對她說過！你準知道，她在等待一件事——一件每個女人等待她心上人所做的事——的時候，你那些拜訪和沉默是會使她發瘋的……不過，在她的腿治癒之前，她絕不敢期望什麼……現在她已有醫好的期限，不久她就要和其他女孩一樣了，為什麼她不應該有像別的女孩一樣的希望呢？她已經向你表示過，告訴過你，她只等待你說一句話。她還能怎樣，還能怎樣卑屈呢？……而你，你一言不發，總不肯說出那句能使她快樂的話……難道這念頭真使你那麼厭惡嗎？再說，你會擁有一切的，我是個年老多病的人，我所有的一切都要留給你們倆，都是你的……如果你願意，明天就可得到，我自己已不需要任何東西……我所要的就是我去世後有個人照顧我的孩子，我知道你是個好人，你會愛護她，好好對待她的。」

他呼吸急迫得說不下去了，頹然無力地仰靠在椅背上，我也同樣精疲力竭地在另一張椅子上坐下，我們又像剛才那樣互不相望地對坐著。不知過了多久的時間，我恍惚聽見有什麼相碰的聲音，原來那老人低垂的頭忽然俯到桌子上去。我知道他的痛苦是多麼深沉，心裡不由得又湧起要安慰他的念頭。

「柯克斯夫先生，」我俯身對他說，「你要信任我，讓我們把整個事情想一

想，冷靜地想一想……我可以再說一遍，我一定照你的意思去做……在我能力範圍之內，做什麼都可以。只是這一件事……你剛才說的這一件事……是不可能的……絕對不可能！」

他像個受傷的野獸又受了最後致命的一擊似的顫動了一下，嘴唇開始發抖，但我不等他開口，趕緊說：

「這不可能，柯克斯夫先生，請再也不要談下去……你想想看，我是一個怎樣的人？僅僅是一個小軍官，靠每月有限的薪水過日子，那有能力成家，那點薪水是養不活兩個人的。」

他想插嘴說什麼，我又攔住說：

「是的，我知道你要說什麼，你要說錢不成問題，一切會由你安排。我也知道你是非常富有，我要什麼都能得到，但就是因為你如此富，而我這樣窮，一無所有，一無成就……所以絕不可能。別人會說我為錢結婚，那是我最……就是蕙迪也將終身猜疑我娶她別有所圖……柯克斯夫先生，請相信我，這絕不可能，雖然我衷心地尊敬並且……並且喜歡你的女兒……這你一定能諒解吧？」

老人動也不動地呆在那裡。我起初以為他沒聽見我的話，但慢慢地他的身體在

動著，用力抬起眼來對空中茫然望著，兩手扶著桌子邊緣，我看出他是要支持著癱軟的身子想站而站不起來，兩次三次地用力還是不行。最後兩腳拼命踏著地面，好不容易站起來了，但那身體直在搖晃，像一個暗中的黑影。聽見他用一種空洞的聲音自言自語似的說：

「那麼……那麼一切都完了。」

那聲音有說不出的可怕。他兩眼仍直望著空中，卻伸手到桌面上去摸他的眼鏡。拿起眼鏡並沒有往臉上戴，他心灰意懶地摸索著放進口袋之後，又用手去摸那頂黑帽子，然後望也沒望一眼轉身喃喃說著：

「請原諒我的打擾。」

他把帽子戴到頭上，像個夢遊者似的向著門口蹣跚走去。到了門口的地方，像忽然想起什麼事來，取下帽子鞠著躬又說了一遍：

「請原諒我的打擾。」

這位老人身心崩潰的樣子，完全是我的一聲拒絕造成的，而他還向我一再鞠躬道歉。我忽然一陣酸楚，熱淚盈眶，覺得心腸軟化，意志變弱，憐憫之情又把我沖倒了。我不能讓他這樣絕望離去，不能消滅他的生機，一定要對他說點寬慰的話，

於是我立刻衝到他身後說：

「柯克斯夫先生，請你……請你不要誤會，你不能這樣走去告訴她……在這緊要關頭，會弄出可怕的後果，再說……再說，我也不是當真……」

我越說越激動，但那老人好像完全沒聽見，絕望的打擊已使他僵化，變成了活的屍首，於是我那要寬慰他的衝動，也變得越來越迫切。「柯克斯夫先生，我可以發誓，那不是當真的話。……再沒有什麼比羞辱你女兒，使她以為我不喜歡她更叫我難過的。……沒有人比我更對她多情，更真心喜歡她。她以為我不把她放在心上，那完全錯了，相反地……相反地……是我自認配不上她，目前不應該表示……目前最要緊的是她應該先保重身體……她一定能治好的。」

「但是以後……她治好了以後呢？」

他忽然轉身對我望著，剛才還像凍結了似的眼睛，一下子在黑暗中炯炯發光。

我害怕起來，本能地感到那威脅著我的危險。在這一刻我記起薏迪的希望是會落空的，她並不會如她所想的那麼快就能治好，說不定一年又一年，無盡期地拖下去。不過，康特醫生曾經說，別想得太遠，目前要緊的是使她情緒穩定。既然有個簡單靈驗的符咒，為什麼不給她一線希望？為什麼不使她快樂起來呢？

「那還用說，等她病好的時候，」我說，「我一定會……一定會來求你答應……」他先定定地望著我，接著一陣微抖，像有一股力量從裡面促使他衝口而出地說：「我可以……我可以把這告訴她嗎？」

我再度感到了危險，但實在無力抗拒他的乞求眼光。「好，告訴她。」我堅定地說著伸出手來。他滿眼感激的淚水，閃閃發光。

我感覺到那握在我手中的他的手，越來越抖得厲害。他那低著的頭也越來越低，我記起有一次他曾俯身吻我的手的事來，趕快把自己的手抽回來。

「是的，告訴她，」我重複地說，「告訴她別再煩惱，最要緊的是把病治好，為她自己，也為我們大家。」

「是的，」他應聲地說，「她必須治好，趕快治好。呵，我擔保她立刻就要動身，為了你，立刻就去治病……從一開始，我就覺得是上帝把你送給我的……不，不，我不能謝你，上帝會酬答你的……不，不要送我，我要走了。」

他忽然變成另一個人似的，用以前從未有過的輕快步伐轉身急行，那黑外套的後襬也跟著搖動，配合著他的步子發出快樂的聲音。我獨自站在幽暗的房中，感到一陣那種未經思考便做了重大決定後的迷茫，然後又痛恨著自己那軟弱心腸和該死

的憐憫之情。勤務兵敲門進來，手裡拿著一封信，又是那熟悉的淺藍信封。

「我們明天就動身，我已經答應了爸爸，請原諒我這幾天的失態，那是因為我怕成為你的累贅。現在我知道為了什麼為了誰一定要治好了，現在我再也不怕了。明天早點來，我比以往更迫切地等候著——永遠屬於你的薏。」

我讀到「永遠」的字眼時，又是一陣寒慄，但事已不容改悔，又一次同情戰勝了意志，我已不再屬於我自己了。

「振作起來吧！」我在心裡自寬自慰著，「反正她從你這裡得到的不過是一個永不會實現的半承諾。再過一兩天，他們走開，你就恢復自由了。」但是到了第二天，下午一點點迫近，我又一點點的慌起來，因為我將懷著謊言去面對她那熱誠溫柔的眼光。我竭力去找同事們聊天，想使自己平靜下來，還是不行，心一直咚咚地在跳，口也發乾。下班之後，我到咖啡館一杯又一杯地喝著酒，也仍不能鼓起勇氣，最後我只好帶著一顆猛跳的心和兩條沉重的腿，在那像是沒有盡頭似的公路上走著，去迎接可怕的命運！

事實並沒有我想像的那麼可怕，相反地竟是另一種陶醉在等著我。那位老忠僕在大門口笑臉相迎，像望見聖靈似的驚喜。「呵，上尉先生，請到內廳吧，薏迪小

姐等您等了一下午了。」他像要壓住自己的激動感情，不好意思地悄聲說著。

我暗自驚訝地想：他為什麼這樣熱情地注視著我？他為什麼這樣喜歡我？難道看見別人表現了點仁慈和憐憫就會那麼高興快樂嗎？果真如此，康特醫生的話是說對了；果真如此，一個能使別人快樂的人可說達到了生活的目的，犧牲一點自己有什麼不值得呢？果真如此，就算是違心做假，一個謊言可不比真情更有價值嗎？我忽然覺得步伐穩定起來，因為一個人知道給別人帶來了快樂，自己不由得也周身輕快起來。

這時伊蘿娜也走來迎接了，她也是同樣的滿臉喜色，溫柔多情的望著我，從來沒有過的熱切地握著我的手說：「謝謝你。你再也不知道你對那可憐的孩子做了什麼！你救了她，真是救了她。快來吧，我無法告訴你她多麼焦急地在等著你。」

另外一個門輕輕打開了，我覺得出那門後早就有人在聽著的，果然是柯克斯夫進來了。他的眼睛已不像昨天那樣死氣沉沉，臉上也有了光澤。「太好了，你來啦！你看見她的變化會吃一驚的，自從她得病這些年來，我從未看見她這麼快樂過。奇蹟，真是奇蹟，上帝對她，對我們太好了！」

他說著說著又喜極而泣，同時不好意思地吞著眼淚，其實這種激動之情我也漸

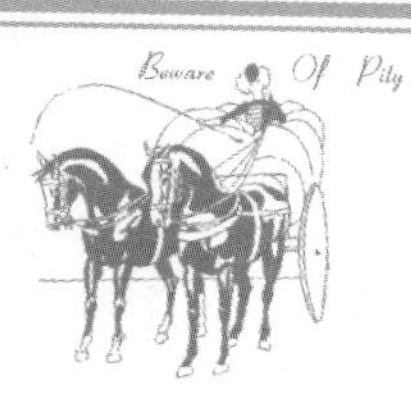

漸開始受到感染了。在這種情景之下，誰能無動於衷呢？我自信並不是虛榮心重愛受恭維的人，但他們倆的狂熱感謝，發出一股自信的洪流，使我不由自主地在裡面漂浮起來。突然之間我的恐懼我的怯懦像被風吹散似的消失無蹤。如果能使別人快樂，為什麼我不能由她去愛？我堅定地又走進前天那麼驚慌逃出的房裡。

呵，那坐在輪椅上的女孩幾乎使我不認識了，她容光煥發，含笑地仰望著我。身上穿著一件粉藍衣服，顯得更像一個小女孩，頭上還戴著一些清新奪目的白花，身邊又圍著一圈花籃，像坐在花車裡面一般。她大概早就聽見我和別人說話和腳步的聲音了，可是這次沒有一點焦急的表情，也沒有猜疑的注視。她優雅挺直地坐在那裡，我簡直完全忘記了她那蓋著毛毯的跛腿和那等於囚籠的輪椅。對著這樣一個開心得更像小孩，美麗得更像少女的人，除了吃驚再不知怎樣才好。她把我的驚訝當作禮物似的接受著。

「到底，到底來了！」她用一種老朋友的口吻說，「來，坐到我身邊來，我有要緊的話要對你說。」

我非常坦然地坐下，因為聽了她那誠懇友善的聲音，誰還會窘困不安呢？

「忍耐一下，先聽我說，請不要打岔。」我知道這次她的話是每個字都斟酌過

的。「你告訴我父親的話，我都知道了。我明白你的好意，現在請相信我，相信我說的每一個字，我向你保證將來永不——永不，你聽見了嗎？永不問你這樣做是為了什麼，是僅僅為我父親，還是真正為我；那是僅僅由於憐憫還是……不，不要打斷我的話……我都不要知道，我拒絕知道……我再也不自尋煩惱和折磨別人，我只知道自己從昨天開始是為你而復活，並且將要繼續活下去，這就夠了。如果我能治好，只有一個人要感謝，那就是你——唯一的你。」

她略微遲疑又繼續說：「現在請聽我這方面要向你承諾的事吧，昨晚我把每一樣事情都想過了。很奇怪我竟再也不像從前那樣害怕，是非常冷靜地想著：我要完全聽從醫生的話，要我怎樣就怎樣，絕不嫌煩，絕不灰心，我要用身上每一條纖維、每一個細胞、每一根神經、每一滴血液、去堅持奮鬥，我想一個人像我這樣拼命爭取一件事情時，上帝一定會答應她的要求的。我所要做的這一切都是為了你——也就是說為了不使你有所犧牲。但是，假使不能如願以償——請不要打斷我的話——或是未能完全滿意，不能治好到像正常人一樣，那也不要擔心，我會獨自承擔一切。我知道一個人絕不能從別人——尤其是自己心愛的人那裡接受犧牲的。所以，如果治療失敗，你就將再也不會見到我的蹤影，聽到我的消息。我可以對你發

誓，我將再也不讓自己成為你的負擔。是這樣，沒有別的話了，現在只還有幾個鐘頭的時間能聚在一起，讓我們真正快樂相處吧。」

她的聲音變成另外一種聲音，完全是大人的口吻；她的眼光變成另外一種眼光，不再有孩子氣的驚慌和殘廢者的猜疑。同時，我覺得她對我的愛也變成了另外一種愛，不再像前幾天那麼貪婪拼命。於是我也用另外一種眼光望著她，這時感動我的已不是對她的不幸產生的憐憫，我無需再去隱瞞，再去警覺，我可以坦然地表示友情了。對於這位如此容光煥發期待著幸福來臨的嬌弱女孩，我第一次感到一種柔情，不知不覺地把椅子向前挪了挪，靠近她的身邊，拉起她的手來。她的手平靜地由我握著，也不像從前那樣顫抖了。

我們輕鬆愉快地談著就要出發的旅行和一些日常瑣事，也談著城裡和營中發生的新聞。真不知為什麼事先我那麼害怕苦惱，其實這非常簡單，只不過手拉著手坐在一起，表示彼此相愛，不再克制自己的感情，不再想到什麼慚愧什麼感激就行了。

過了一會我們去吃晚餐，銀燭台在燭光照耀下閃閃發亮，一瓶瓶盛開的花也像一些彩色的火焰，那光芒四射的水晶大吊燈在鏡子裡一層又一層映照著。像一個滿

是珍珠的大貝殼在外面包圍我們的，是那靜悄悄的宅院，靜到有時像能聽見樹木的呼吸，微風的掠過，窗口陣陣飄進甜美的花香。一切都像比平日更美好更可愛。老人莊嚴地直坐著像位牧師，薏迪和伊蘿娜顯得更年輕歡樂，約瑟夫胸前露出的襯衫也顯得更潔白，連那些水果的外皮也顯得更光滑。我們坐在那裡吃著喝著，在新發現的和諧裡狂歡著。快樂像隻飛鳴的鳥，笑聲從這個人傳到那個人，歡愉的漣漪一層又一層地向外擴張不已，直到約瑟夫來斟香檳，我舉杯祝薏迪健康時才忽然停止，落下一片寂靜。

「是的，健康，我一定要恢復，」她吸了口氣，信賴地望著我，好像我的祝福有著起死回生的能力似的堅定地說，「為你恢復健康。」

「上帝會保佑！」她父親不能自制地站了起來，他的眼鏡已經水氣迷濛，取下來慢慢拭擦著。我看出他是在忍著不向我伸出手來，其實我這方面也正有一種不能遏止的感激之情，於是我走上去把他擁抱著，等他坐回座位上的時候，薏迪轉眼望著我，從她那微張的唇上，我看出她也在期待一個同樣親愛的接觸。我很快地俯身在她的嘴上輕輕一吻。

這就是我們的訂婚。我那定情吻是未經思索的突然衝動，但我也並不後悔，因為這次她沒有狂熱地把我擁在胸前不放，她的唇也靜靜地像接受一件禮物似的接受著我的吻。別的人都在保持著靜默。過了一會忽然從屋角傳來了輕微的聲響，好像誰在不安地清喉嚨，大家一齊抬眼去望時，原來是約瑟夫在啜泣。剛才他放下香檳便轉身走開的，沒有人注意到他也在分擔著我們的激動之情，可是現在大家都覺得他那眼淚像是從我們眼中流出的一般。忽然薏迪伸手過來說：「把你的手給我一會。」

我想不出她要做什麼。有一個涼涼滑滑的東西套上我那無名指——原來是一隻戒指。她像請求原諒似的解釋著說：「只不過是要提醒你，在我走後常想想我。」我沒有去望那戒指，只拿起她的手來吻了吻。

這個晚上，我是上帝。我創造了一個新世界，看吧，充滿了善良和正直。我還創造了一個人，她像清晨一樣發光，她的眼裡映著快樂的彩虹。我把豪華豐富散佈在餐桌上，那些鮮果、美酒、珍味，一盤盤一籃籃地端來，像是對我呈獻的祭品，我把光明帶進房中也帶進人們心裡。那吊燈像太陽，在玻璃上反射著光芒，那白桌白得像雪。他們獻上酒來，我一飲而盡；他們獻上佳果好菜，我都嚐一嚐；他們向我感謝，我也同樣接受。

這個晚上，我是上帝，我坐在創造的成果中間，醉眼矇矓地環顧著。左邊坐著那位老人，我的仁慈靈光已撫平了他額上皺紋，驅散了他眼中陰影，他的聲音充滿了生氣，在感謝我顯現的奇蹟；右邊坐著那位少女，她本來是位絕望的輪椅上的囚徒，現在籠罩著恢復健康的希望之光，由於我吹了一口氣，已把她從恐怖地獄提升到愛的天堂；對面坐的是另一位女郎，她也在感激地微笑，我使她顯得更加美麗更加成熟。他們全體所有的一切，都是我的賜與，他們眼中都反映著我的光輝。他們彼此交談時，我是那談話的核心；就是他們沈默時，我也總停留在他們思想裡。我坐在他們中間躊躇滿志地望著，把他們的愛意和酒而飲；把他們的快樂與餐共進。

這個晚上，我是上帝，我在他們心中平定了狂瀾，驅散了黑暗，也在自己靈魂裡祛除了恐懼，感到從來沒有的寧靜。時間已經不早，我從餐桌上站起來的時候，忽然感到一陣惆悵——上帝第七天工作完畢時的那種惆悵；同時大家的臉上也反映著我的不愉之色，光彩頓消，因為現在到了說再見的時候了。我們都出奇的感動著，好像知道盛宴難再，煙消雲散，將一去不返。第一次，我對蕙迪感到戀戀不捨的柔情，像一個情人似的盡量延遲著分手告別。但時間已晚，最後只好走去張臂擁吻著她道了晚安，由老人陪送著向門口走去。

我走到前廳的時候，約瑟夫已拿著軍帽和佩劍在伺候。假使我快點走出就好了，但那老人一次又一次地握住我的手臂，說不完的感激話，儘管我已聽得不耐煩，心裡已在說著：「夠了，不要再來這些了。」但總不好意思掉頭而去。這時從我們剛離開的房間裡忽然傳來爭執聲，是薏迪和伊蘿娜，好像一個要做什麼，一個在阻攔。只聽見伊蘿娜說：「求求你，求求你，坐著別動，」而薏迪任性憤怒地回答著：「不！少管我！」發生了什麼事？為什麼今天的平靜又被破壞？薏迪要做什麼？伊蘿娜為什麼阻止？我正在納悶，忽然又傳來那種枴杖觸地嗒嗒的聲音。天哪，她不會是又自己架著枴杖跟著我出來了吧？嗒—嗒—越來越近，忽然砰地一聲有身體重重地靠到門上，接著門猛然打開了。

多麼可怕的景象呵！薏迪右手緊握枴杖支持著體重，依靠在門框上，左手在空中搖搖擺擺保持著平衡，背後是驚嚇失色的伊蘿娜張著兩手，準備隨時扶助她。薏迪眼中閃著怒光拒絕著說：「我不要誰幫忙，我自己會！」

柯克斯夫和約瑟夫還沒弄明白是怎麼回事之前，更可怕的事又發生了。薏迪忽然咬著嘴唇，瞪著眼睛，像游泳的人從岸上竄進水中似的，她離開門框丟下枴杖拼命舞動著雙手，挪了右腳，又挪左腳，像被電流控制著的玩偶，但她目光炯炯地注

視著我，用力咬著牙，整個身驅痛苦地扭曲著。她會走了，雖然搖擺不定，總是在走了。這一定是意志的奇蹟把生命帶進了她的病腿，後來我問過許多醫生，沒有一個醫生能為我解說是怎麼回事，我也說不清楚當時的真正情形，因為說她是踏在地上不如說她是浮在空中，就像落在地上的小鳥撲動著翅膀前進，很難分得清，到底是飛還是跳一般。並且在這突然出現的奇蹟之前，我們都震懾得目瞪口呆，連伊蘿娜也忘記了伸手保護，只在後面望著了。蕙迪一步步地挪動著，快到我身邊時，緊閉的嘴唇忽然綻開一絲勝利微笑，兩手也由左右搖擺改為向我伸來，我正要迎上去把她抱住，她過於激動，忽然一下失了平衡，她的膝蓋像被什麼切斷似的整個人撲通地跌倒在我的腳前。在這可怕的一刻，我嚇得沒有向前扶她，而竟本能地倒退了一步。

　　但柯克斯夫和約瑟夫以及伊蘿娜立刻向著她匍匐呻吟的地方一擁而上了。對於這目不忍睹的慘象，我簡直不敢抬眼正視，但我知道他們把她帶走了，我耳中聽到的是她那憤恨絕望的痛哭和他們抱著她行走的沉重腳步聲。頃刻之間，那整晚像紗幕似的籠罩在眼上的歡樂之霧，忽然被撕開，我又看到了可怕的現實；她的癱瘓是不會痊癒的，他們全體期待著我創造的奇蹟並沒有出現。我不再是上帝，只是一個

渺小可憐的人，我的憐憫什麼效果也沒產生，只有災害和不幸。我知道此刻正是向她表示忠誠的時機，現在不做將永遠不會做的；此刻正是需要安慰她的時機，我應該追隨著他們，到她床前坐下來，騙她說剛才走得好極了，一定很快就會復原，現在不做，將永遠不會做的。但是我完全驚慌失措了，我怕面對那充滿渴望的眼光；我怕掩飾不了自己內心的冰冷；我怕應付不了悲慘的結局。於是對自己的舉動毫不反省地便拿起軍帽和佩劍，第三次也是最後一次，像個罪犯似的又逃走了。

呵，空氣，一口空氣！我快要悶死了。是夜晚的氣候真的這麼悶，還是因為喝酒太多呢？我打開了領口，又脫下了外套，洶湧的血液像要把皮膚漲破流出，咚咚的聲音是脈膊在耳中跳動，還是蕙迪枴杖觸地的聲音呢？我為什麼要這樣子跑開呢？到底發生了什麼事？要冷靜想一想，不要再去聽那咚咚聲了……啊，我已經訂婚了，沒有，是他們強迫……我沒有要訂婚……這是做夢也想不到的……我現在受到約束了，但不會變成事實……我告訴過那老人，除非她的腿治好了才算數，可是她不會好的。我的答應是出自善意……不，一點善意也沒有……什麼也沒發生。但我不是吻過她的嘴嗎？我不是要……啊，這憐憫，這該死的憐憫，一次又一次地他們要陷害我，現在我果然落進圈套了！我騙了他們，他們也騙

了我，我訂了婚，他們強迫我訂了婚。

那是什麼？樹為什麼在搖晃？星光為什麼這樣刺眼？空氣為什麼這樣悶熱？我必須找個清涼地方喝點水洗個臉，使頭腦冷靜一下才行。前面路邊不是有個泉水嗎？我常常經過的，不，好久沒經過了。我去喝口冷水也許就清醒了。

結果我走到一排矮屋前面，簾幕半掩的窗口有昏黃的燈光。呵，我記起來了，這是一個車夫之流歇腳的小酒店，現在口渴難耐，我不管不顧地便推門進去了。一股廉價煙草的氣味迎面撲來，那房間後面是酒吧，前面是牌桌，到處鬧哄哄的。有一個騎兵隊的小兵正靠在櫃台上和老板娘說笑，聽見門響，回頭看見是我時，立刻目瞪口呆地站正行禮；老板娘也收斂了笑容，那些車夫工人也都一齊靜默下來，停住了賭博。這時我才恍然記起，這不是我這種軍官身份的人應該來的地方，轉身想退出去時，那老板娘又已走過來陪笑伺候，同時自己也覺得應該解釋一下闖入打擾的原因，於是便說我忽然有點不舒服，請給我來一杯蘇打水吧。本來是想站在那裡喝完就走的，但覺得頭暈目眩，兩腿發抖，把端來的蘇打水一飲而盡之後，覺得舒服了一點，仍然癱軟無力，抬不起腳來，只好就近坐下，又叫了一杯冷飲，燃吸起一枝香煙。本想坐一會就走的，但我把頭枕著手臂伏在桌上，休息著混

亂的頭腦，整理著思緒的時候，我立刻忘記了這是何時何地，一個個的難題不停地在心中湧現出來。我訂婚了，誰能娶一個像塊木頭似的跌到地上的女人，她不能算個真正的女人，不過是個……但是他們怎能放過我，尤其那堅持的老人是無法擺脫的……明天全城都會知道，他們會在報上發佈消息的，事已如此無法挽回了……我最好是趕先告訴家裡一聲，不要讓父母從別人口中或是報紙上來知道這件驚人的事。告訴他們訂婚的內幕是怎樣的，讓他們知道我的處境的為難，怎樣由憐憫之情惹出了不能脫身的糾紛。至於軍營裡的人，那一定是誰也不能了解的……解釋也沒用。從前對一位娶了富家女的同事，就有人說過：「要出賣自己，也應該要個好價錢呀！」啊，天哪，他們對我更將說什麼呢？我怎麼會和這樣一個……一個出身不高的殘廢人訂婚！黛賽伯母是最看重血統門第的，這件事被她知道了，不出兩天她就會把柯克斯夫的來歷打聽得清清楚楚，尤其使她認為不能忍受的是和猶太人聯婚……至於母親呢，那倒容易辦，財富會打動她的心的……那老人說過有六七億……但是我一點也看不起他的錢，就是把全世界的錢都給我，我也不想娶她。我答應的是如果她能治好……我怎樣才能使他們了解這些呢？尤其軍營裡的同事，我說什麼好呢？看來，我還是暫時一字也不提為妙……想來想去，一切

都要怪康特醫生，現在最好還是去找他想辦法，我要告訴他；我忍受不了了，我不能娶一個像她那樣的女人，我再也不能敷衍下去……我要坦白告訴他，從此抽身不管了……對，趕快去找他！馬車，到維也納！走快點！啊，總算到了！我還認得這破房子，髒樓梯，這麼陡，真好！她再也不會跟上來，我可以避開那喹，喹的枴杖聲了……「醫生在家嗎？」又是要等。……是誰來了？邊走邊談，那聲音很熟悉，怎麼；竟是黛賽伯母還有碧拉姑姑還有媽媽和弟弟弟婦，這是怎麼回事？他們一擁而進，在我面前圍成半圓圈，他們都打扮得整整齊齊，望著我，像在宴會中似的等待著。他們在等待什麼呢？

弟弟忽然走上來對我說「恭喜」，接著他們也都「恭喜！恭喜！」地說著。他們怎麼都知道了？我並沒有告訴任何人呀？

「恭喜！恭喜！你真行，七億……七億，全家都可以靠你了。」他們滿臉笑容，喋喋不休。

「我還聽說他們是這地方上最古老的家族。」弟弟在後面插嘴說著。黛賽伯母尖聲嚷著：「對，我們應該去調查一下。」碧拉姑姑吮著嘴唇說，「卡里也可以繼續他的學業了。真是一門理想親事呢，好極了！好極了！」媽媽怯怯地走上來說：

「你不把新娘介紹給我們見見嗎?」介紹她?最後的難題來了,他們要看見她的跛腳了,再說她怎麼能走上樓來呢?可是為什麼他們忽然一齊回頭望著?有人來了,是誰?噠,噠,不會是她吧?噠,噠,越來越近,不是她是誰,我想最好是趕快把門關上,但是弟弟已向著門口深深鞠躬行禮了。他那是對誰?為什麼那樣恭敬?忽然間大家一齊哈哈大笑,笑得玻璃窗都震動了。「呵哈!原來是這麼回事!哈哈,七億,七億,原來嫁妝裡面還有一對拐杖!」

我一驚而起,這是什麼地方?猛然張望,天哪!我竟在這酒店中伏案睡著了。大概睡了不久,因為那支香煙在煙灰碟裡還未燃完。這個荒唐的夢倒似乎使我恢復了一點體力,頭腦也清醒了點,能回想今晚遭遇的一切了。趕快把錢放到桌上,便向著門口走去。我感覺到一些驚異的眼光從背後射來,無疑地我一走出門,他們就要竊竊私議,從此以後看到我便要指點暗笑了。他們,所有的他們,沒有一個人會同情我這個為自己的憐憫束縛的愚蠢奴隸。

現在到哪裡去好呢?哪裡都好,就是別回宿舍,別回到那空房間去獨自胡思亂想。

最好再找個地方去喝點什麼,到城裡去吧!於是,不一會走進城裡,加入了遊

盪者的行列，走來走去，大街上的一家咖啡館果然還有燈火，進去喝一杯——喝一杯！

我一踏進門便看見在平日坐慣的地方，圍桌坐著斯坦比爾，費倫和那位軍醫。但是為什麼他們那麼奇怪地望著我，還互相做了個鬼臉？為什麼他們像在爭論的談話忽然停止了？

好，就走進去吧，他們已經看見我，來不及轉身退出了。雖然我覺得非常不舒服，一點也不想聊天，還是竭力做出輕鬆的樣子，向著他們走去，但越來越覺得氣氛緊張，照往常來說，他們一看見我就會搖手高聲打招呼的，現在竟像課桌前的小學生似的呆坐著。

「讓我也來加入好嗎？」我邊說邊拉過一張椅子來。

斯坦比爾異樣地望著我，然後又轉向大家說：「現在的唐尼真是大不相同了！」他們聽了都默不作聲，不像平日那樣，遇到一個遲歸的人，便擁上來問東問西的。從他們神色不寧的樣子上，可以看出我的闖入是像一塊石子投進水中似的打擾了他們。最後還是斯坦比爾向後靠了靠，瞇著一隻眼瞄著我說：

「對啦，我可以恭喜你嗎？」

「向我恭喜，恭喜什麼？」一時之間我的確不知道他這話是指什麼說的。

「你那位藥劑師朋友剛剛走，他從茶房領班那裡聽說你已經……已經和柯克斯夫的那位……那位小姐訂婚了。」

這時他們一齊向我望著。一對、兩對、三對眼睛在注視著我的嘴；我知道如果承認了，將立刻爆發一陣哄堂大笑和譏嘲的道賀。不，我不能承認，不能在這些尖酸刻薄的人面前承認。

「瞎說！」我咆哮地說著，竭力想逃出窘境。但單單這樣是不能滿足他們的好奇心的，費倫拍著我的肩膀，追根究底地又問著：「唐尼，告訴我，我猜對了，這消息不確實，是不是？」

我知道這是衛護我的一片好意，但他不該逼著我鄭重地說「不」。我感到說不出的羞辱，可是在咖啡館這種地方，我又怎能解釋清楚我自己也弄不清楚的一件事呢？

「不，一點也不確實！」我毫不思索地堅決否認著。

一陣沉默，他們望著我，又互相對望著，多少有點尋開心沒有成功的失望。但是費倫得意地敲著桌子發出勝利的吼聲：

「是吧，我說對了吧？我是知道唐尼的，我早就告訴你們這是謠言——那該死的藥劑師造的謠。好，明天早晨看我去質問他，他造謠竟造到我們頭上來了！我要好好教訓他一頓。我知道唐尼不會做這樣的事，他不會為錢出賣自己！」

他轉過身來友愛地在我背上重重地拍了一下。

「唐尼，知道是謠言我真高興極了；這不但是侮辱你，也等於侮辱我們，侮辱我們全營的人。」

「哈！」斯坦比爾也加入說：「想想看，一個謀奪了人家財產的老錢鬼的女兒，配嫁一個軍官嗎？買來的爵位算得了什麼？那老傢伙心裡明白，他在街上遇到我總是躲到一邊去。」

費倫越來越激動地說：「我真想今晚就去把那藥劑師叫出來，給他一個耳光，告訴他以後說話小心點。你不過到那裡去過幾次，他就造出這樣的謠言來。」

斯坦比爾又接著說：「唐尼，不是我多管閒事，說實話，一開始我就不贊成你到他家去。我們當軍官的人要記住自己的身份，認清我們賞光去玩的是什麼地方，不能和不知底細的人來往，真高興，你總算沒有惹出更糟的麻煩來。」

他們互相爭說著關於柯克斯夫當年的傳聞，又把他那跛腳女兒的畸形任意取笑

著。我默默地坐在那裡動也不動，心裡卻直想喊叫：「閉起你們的嘴來吧！撒謊的騙子是我！那藥劑師說的是實話！」但我知道挽救已經太晚了，現在已無法回頭否認，我呆呆地望著面前，銜在緊閉的嘴邊的香煙都熄滅了，我知道這種緘默是對不起無辜的薏迪的。呵，讓我鑽到地下吧！趕快逃走吧！結束了自己的生命吧！我的眼睛不知向哪裡望，手也不知往哪裡擺。我把發抖的雙手藏在桌下，用力扭著提醒自己再支持幾分鐘，這時忽然覺得有個硬硬的東西觸痛著我，那是幾小時之前，薏迪嬌羞地給我套上的戒指——我接受了的訂婚戒指。我再無勇氣取下這閃光的證物，卑怯地把那寶石的一面轉向了手心，總算直到散場，沒被他們發現。

和他們分手之後，我獨自遊蕩在夜深人靜的街道上，這時我才完全清醒地想起今晚所發生的一切：我剛訂了婚，立刻又毀約，並且是在軍中同僚面前公然否認。我讓一個愛我的女孩任人奚落，一個可憐的老人頂上壞蛋的惡名，一個說實話的好人成為造謠者。我這些可恥的行為，明天早晨將傳遍全營，什麼都完了。今晚親熱地拍我肩膀的人，明早就要恨不得把我扼死，軍官的肩章將從我的身上取下，我將再不能回到我背棄的人們中間。那幾分鐘的懦弱已毀了我的一生，唯一留給我的就是一把手槍了。

就是剛才坐在那咖啡館裡的時候，我也想到死是維護自己名譽的唯一出路，現在我徬徨街頭所想的是將做些怎樣的安排。首先我要寫封信給父母請寬恕我將給他們的痛苦；然後告訴費倫不要錯責那藥劑師，他並沒有說謊；最後請求上校不要把事態擴大，我只想葬埋在維也納，死因與軍營無關，和誰都沒怨恨。此外，也許再寫幾個字給柯克斯夫，請他對薏迪轉達我的愛意，不要把我想得太壞。最後整理一下我的房間，用賣馬的錢清還欠債。我沒有什麼遺物，手錶和幾件衣服送給勤務兵——呵，對啦，這戒指和金煙盒希望退還給柯克斯夫。

還有什麼？呵，對啦，燒掉薏迪的兩封信，和所有的信件相片，什麼也不留，沒有紀念，沒有痕跡。像我活著沒沒無聞一樣，死去也要了無痕跡。我還有兩三個鐘頭的時間，做這一切是綽綽有餘的。每一封信我都要用心去寫，不要讓人覺得我有急懼不安的樣子。

我一生中做任何事都沒有像現在安排死這樣冷靜這樣有條不紊地計劃過。計劃妥當之後，我變得心平氣和，腳步從容地向著軍營走去。走到我們深夜遲歸通常使用的小側門前，取出鑰匙一下子便把門打開，走進去了。現在只要穿過院子，爬上樓梯，我就可以開始並且了結一切了。

月色朦朧中，前面有個走動的人影，心想那一定是比我先一步回來的人，他也許會拉住我又聊起來，怎麼辦呢？可是仔細一看，使我大吃一驚的那竟是我們那嚴厲出名的司令官上校。他好像是特別出來巡夜的。我躲避不及，他轉向著我大聲喝著：

「赫米勒上尉！」

我趕快上去立正，他把我上下打量著。

「軍服的扣子也不扣好，這是你們這些年輕軍官的時髦嗎？還有，這麼晚才回營，在外面幹什麼來？告訴你，我不准！就是在半夜裡軍服也要穿整齊！聽見了嗎？」

我響亮地碰著後腳跟，回答著：「是！」

他又狠狠地望了我一眼便轉身走開了。但這時我忽然對自己機械般的服從生起氣來，怒不可遏地想著怎麼最後聽到的話竟是一頓斥責，即使不是安慰也應該是諒解，於是身不由主地跟在他後面追上去。我知道自己要做的事是可羞的，在這生命最後的一刻，為什麼要向一個頑固老傢伙去解說？這也許是將要自殺的人希望把生活弄清白的一種本能衝動，記得聽說過一位要自殺的婦人曾先刻意梳洗化裝，還灑

上最好的香水，才從四層高樓上跳下來，大概就是同樣心理。這位嚴厲的長官，雖然一向使我們望而生畏，卻也同時使我們衷心敬愛，因為他對營中每一個人都有著嚴父般的關懷，他那尖銳的眼光隨時都能看透每一個人的心底。這時我忽然覺得他是我唯一可以傾訴一切的對象。我追上去，在離他兩步之遠的地方，立正敬禮，用那像月光一般蒼白的聲音說：

「報告上校，我能向您說幾句話嗎？」

他的濃眉驚訝地聳起，向我注視著問：「什麼？現在嗎？在這快要兩點的深夜裡？」他的眼裡閃著慍怒的光，我簡直覺得他要厲聲喝退我，叫我有話明天早晨集合時再報告。這時我的臉色大概有點異樣，被他看出來了。停了一下，把我上下打量著，忽然改變了聲音，咕嚕著說：「好吧，那就到我房裡，快點說。」

我像影子似的跟著他走進房內。

「不要拘束，坐下來談。」但他並不望著我，也沒有拉動椅子。「有話就直說，是金錢問題還是女人糾紛？」

我挺直地站在那裡，覺得很不舒服，尤其他那不耐煩的神色，使我不知怎樣開口才好，只趕快否認著不是金錢的問題。他立刻又說：

「那就是女人了！別的還會有什麼！快說吧，什麼糾紛？」於是我盡量簡單地說著我的訂婚，怕他誤會我是訴苦求恕，又說我知道自己做了不名譽的事，應該怎樣盡到軍人責任的。

他有點不大了解地注視著：

「完全胡鬧！什麼不名譽？你說和柯克斯夫的女兒訂了婚？我見過那女孩，不錯，是個跛子，但那又有什麼關係？這是個人的私事……」。

我看他有點誤解，更加羞愧了，便趕快又立正敬禮說：「報告上校：我由於卑怯，在同事面前撒謊，否認了我的訂婚，他們信以為真，要去質問那說實話的藥劑師為什麼造謠。這一鬧，全城都會知道我的卑鄙行為，騎兵營的名譽都要被我沾污了。」

他的臉色暗下來了。

「你否認的話是在什麼地方說的？」

「咖啡館裡。」

「那藥劑師知道了嗎？」

「明天，他和全城的人就都知道了。」

他開始背著手，來回地走著。

「那麼，你打算怎麼辦呢？」

「上校，您是知道的，我們軍人只有一條最後出路，我來這裡是向您告別，請求把我的後事盡量簡單了結，我不願意讓全營因我蒙羞。」

「為這麼一點事就說這種話，簡直是胡鬧！你這樣一位年輕有為的人，為一個癱瘓女孩子的……我想都是那老傢伙設下圈套，把你套住的，不過這和我無關，不談了。現在糟糕的是你那兩位同事和那位藥劑師知道了實情就不好辦了。」

他又開始來回走動著，並且越走越快，最後又猛然站住，說：「現在，把他們的名字告訴我，這種事要快解決。」

他取出身上的記事本，把我說出的名字一一寫上去。

「好了，明天一早我會把他們叫來解釋清楚，說你是酒醉胡言，叫他們不要傳出去。說實話，你到那咖啡館之前是不是喝了酒的。」

「是的，上校。」我面紅耳赤地回答著，滿心以為要受一頓訓斥了，誰知他竟開朗地笑著說：

「現在沒事了。藥劑師那裡我也會使他相信，因為你在咖啡館裡酒後失態，我

已給了你處罰。」

看他把事情這麼容易地解決，我的羞辱更加難耐了，他為什麼不能了解？我竭力振作了一下，說：

「報告上校，我認為這完全不能解決。我知道自己做了什麼，無臉再見他們，絕不能厚著臉皮活下去……」。

「住口！」他忽然怒吼起來，「我知道怎樣處理自己部下的事，用不著你這乳臭未乾的小伙子來教導我。你以為事情這樣就完了嗎？你以為這只是你個人的事嗎？剛才說的不過是初步，第二步是立刻把你調走，一天也不再留在這裡，我不能讓人家看見你就竊竊私議。我現在要親筆寫封信給塞斯拉的部隊，寫什麼不干你的事。你只記住明天一早，五點半來拿調遣令，把行李整理好，立刻到車站去，聽明白了嗎？」我遲疑著，因為這不是我來他這裡的目的，我並不曾找解脫。「聽明白了嗎？」他又重複了一遍，聲音嚴厲得嚇人。

「是的，上校。」我用軍人的冷靜回答著，但心裡在想：隨他說什麼，他說他的，我做我的。

「那麼，就是這樣了，明天早晨五點半……」

我立正恭聽，他忽然和藹可親的走前一步，像要和我握手似的又說：「我很難過讓你離開我們，在年輕軍官中，我一向特別看重你的。還有什麼話要說嗎？以後遇有困難，可以隨時來找我，我一定盡力幫忙。現在還有什麼事嗎？」

「沒有了，謝謝上校。」

「那麼，再見，明天早晨五點半。」我對他望了最後一眼，心想他是這世界上我最後談話的一個人，明天他也將是唯一知道整個事實的一個人了。我恭敬行禮，轉身退出，快走到門口的時候，他忽然又喊著：「回來，赫米勒上尉！」

我急忙轉身，他仰起眉毛，又把我上下打量著，然後嚴厲而又親切地說：「年輕人，我很不喜歡你這樣子——有心事的樣子。你似乎騙著我，仍然要去做傻事，但我不能讓你去亂用手槍或是其他什麼的，我不准……知道嗎？」

「是的，上校。」

「呵，打消你的歪念頭！你騙不過我，我不是三歲小孩子！把手伸給我！」

我服從地伸過手去，他緊緊握著，說：

「答應我，今天晚上絕不去做傻事，答應我，明早五點半一定來報到。」

「是的，上校，我以名譽擔保！」

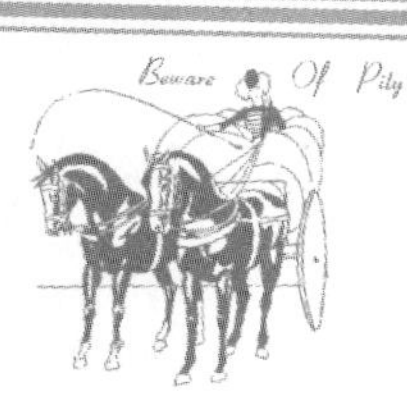

「這就對了。你知道，我真有點怕你一時想不開，你們這些年輕人做什麼都是專憑衝動的，可是冷靜一下，你就會明白過來，沒有過不去的事，一切由我處理，你只不要再做第二次傻子就好了。現在，去吧，像你這樣的一位好青年竟遭遇到這種事，真太不幸了。」

在我二十五年的生命中，有十五年是在軍校和軍營度過的，服從已成為根深蒂固的習慣，聽了上校的命令之後，我完全停止了照自己的意思去想去做，不再反省，只有服從。現在我腦子裡唯一想著的事，是在明早五點半以前把一切準備妥當，不能有誤。回到宿舍，叫醒勤務兵，匆忙地整理著行李，五點半的鐘聲一響，我便站在上校房門口，等候接受調遷的命令狀，照著他的吩咐，沒有被任何人看見便離開營隊了。

這種意志的催眠是在營地最有效，一坐上火車我便漸覺清醒，想起前後的事情，像一個被猛烈的爆炸，彈到半空又落到地上的人那樣，搖搖擺擺地站在那裡，發覺自己安然無恙，有著說不出的驚訝。

我驚訝的第一件事是自己還活著，第二件事是坐在開動的火車裡，拿著公文又執行著日常任務。可是同時也記起了昨晚的種種，我本要把一切結束的，而竟被人

把手中的槍突然擊落。上校說一切由他處理，那是指軍營以內的事，關於一個軍官名譽的問題。我的同事在上校的命令下，對這件事將不再提一字，但誰能管制他們內心的思想？還有那藥劑師和柯克斯夫、薏迪以及其他的人怎麼辦呢？誰去告訴他們，把一切向他們解釋呢？現在是早晨七點鐘，她醒來第一個想到的準是我。也許她已到了平台上——呵，為什麼一想到那平台我就不寒而顫——她正在用望遠鏡看我們的騎隊出操。下午她將開始等待，我不去，也沒人通知她。她打電話會知道我已調遷，她不明白是怎麼一回事，也許會不相信是真的。或許還有更可怕的：她恍然大悟，於是……忽然間我像又看見康特醫生眼鏡後面的炯炯目光，又一次聽見他對我喊著：「這是一種罪行，一樁謀殺！」

我要採取行動，立刻採取行動！到站上發一個電報給她，我要不惜任何代價阻止她的尋短見。不，不能太莽撞，康特醫生說過，無論有什麼事都要先告訴他，我答應過他，不能不履行我的誓言。多謝上帝，我在維也納有兩小時的停留，我可以到他家去，非見見他不可。

火車一到站，叫勤務兵看守著行李，我便立刻僱車到康特醫生家去了，路上不停地禱告著：「上帝，讓他在家吧。這是我唯一可以向他解釋，向他求助的人。」

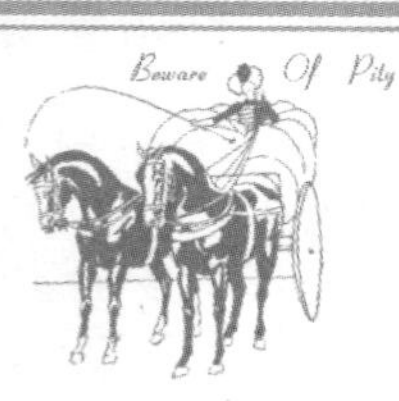

但是那出來開門的女僕對我說：「醫生不在家，要到中午才能回來。」「知道他在哪裡嗎？」「不知道。」「我見見康特太太可以嗎？」「我去問問看。」

在那熟悉的客廳裡，我等著，又像以前那樣等著，終於傳來輕輕開門的聲音，康特太太摸索著進來了。

「呵，上尉先生，是你嗎？」

「是的。」我一面說一面向這位瞎子太太鞠躬行禮（我還是像往常那麼愚蠢）。

「真對不起，他出去了，要中午才能回來，希望你能等他。」

「很抱歉，我恐怕等不了那麼久。能到病人家給他打個電話嗎？」

「我不知道他在哪裡。再說，他去治病的人家大半都沒有電話的。」她一面說一面走近著，臉上現出不好意思的樣子，吞吞吐吐地又說：「我感覺得出……事情一定很緊急……是關於那可憐女孩子的，你一直是那麼對她好……你有什麼話可以留給我，等他一回來我就告訴他……」

我覺得出她已知道了一切，猜到了一切，於是羞愧不安地吶吶地說：「謝謝你，康特太太，但是……我不想太麻煩你，讓我留下個信好了。你說他在兩點鐘以前會回來，是不是？請他千萬立刻就去那裡……是非常緊急的事……」

她更向我走近著，舉起手來像要安慰我似的說：

「當然，我知道。不要擔心，他一定盡力去做。」

「那麼讓我寫封信留給他吧。」

「好的，請……請這邊來。」她帶我走進他的書房，指著他的書桌說，「那裡有紙筆墨水，請用吧。」

我匆忙地寫了五頁信紙，請康特醫生趕快到柯克斯夫家去，在「趕快」下面一連畫了三條線。盡量簡單坦白地向他述說了一切經過。說我怎樣由於怯懦，怕人恥笑，在同事面前撒了謊；怎樣決心自殺，被上校阻止住了；怎樣本來只想著自己的事，直到此刻才想起這悲劇還牽連著另外一個無辜的人。請他趕快去向他們說明一切，不必有任何隱瞞，如果她能原諒我的懦弱，我將把我們的婚約看得更加神聖，就是現在我也視為神聖的，如果她允許的話，我可以脫離軍隊跟她到瑞士，不管她要醫治多久，或是完全沒有治好的希望，我都會永遠陪著她。現在我唯一生存的目標，就是向她證明，我要背棄的是那些別人而不是她。直到現在我才知道她對我的重要遠勝過同事和軍營，只有她可以判我的刑或恕我的罪，生死大權都握在她的手中。這是最後一次請助，請趕快動身去那裡告訴他們吧。我在「趕快」下面又畫了

四條線。

放下筆來，我覺得生平第一次作了個誠實的決定，總算認清了自己應該做的事；同時也第一次由衷感謝康特醫生的指引，從今以後，我知道為什麼而活，為誰而活了。

一回頭看見瞎子太太靜靜地站在我的身邊，我感到一陣慚愧，她一定知道我寫的每一字和我的行為了。我急忙站起來說：「真對不起，讓你等了這麼久。請原諒我的粗魯，我竟完全忘記了……不過，不過，因為這事情太重要，我要讓他立刻知道……」

她對我微笑著說：

「我站一會沒有關係。事情要緊，我會叫他立刻照你的話去做的。我知道，從他聲音中聽得出……他非常喜歡你。不要太煩惱……」他越說越親切，「千萬別太煩惱……一切都會平安無事的。」

「上帝保佑吧。」我充滿希望地說著，忽然想起據說盲人是有第二視覺的。

我彎腰吻著她的手，再抬頭起來時，很奇怪這位滿頭灰髮的盲婦，當初怎麼會使我認為很醜呢？大概現在她的臉上正閃耀著愛意和同情的光輝的緣故，那只有黑

暗沒有任何影像的瞎眼也許比明眼更能看清這世界的。

像一位治好了病的人似的，我告辭走了。我忽然獲得了新生，從此要為一個需要我的人而活，不再認為那是犧牲。我們應該去愛的，不是那些健康快樂得意自信的人，因為他們需要的不是愛，而是統治和指揮的大權，別人的熱愛，對他們不過是頭上的首飾，臂上的鐲釧，而不是生活的祝福。只有痛苦不幸的人才知道怎樣去愛和被愛，才會像應有的那樣謙虛而感謝地去愛和被愛。

勤務兵忠實地在車站上等候著，我笑著對他說：「來，我們可以走了。」我變得輕鬆愉快，不再為昨晚的怯懦而懊惱；相反地，我覺得那樣更好，可以讓崇拜我的人認識我的弱點，不再把我看成英雄或是聖賢，現在我接受她的愛已無所謂犧牲；現在是由我乞求，由她賞賜，這樣好多了。

忽然間我又想：要是康特醫生中午不回家怎麼辦？要是回來晚了，誤了中午的那班火車怎麼辦？她可不要等了又等？可怕的景象又浮現到眼前來了。也許最好還是到下一站先拍個電報使她安心。於是火車一停，我便急忙跳下，向電報室跑著。發生了什麼事？為了什麼事？為什麼那電報室門口擠滿了騷動的人群？我來不及打聽，擠了進去，要了張電報紙，簡單地寫著「薏迪小姐安好，因公外出，即回。詳

由康特面告。到後詳談。」我把電報稿子交上去，那辦事員又把發電人的姓名地址，一一問著，而我的火車只有兩分鐘的停留。好不容易我又再從那越聚越多的人堆裡擠出去。到底發生了什麼事呢？正想詢問，開車的哨子已經響了，我總算及時跳了上去。謝天謝地，電報發出，她可以不至於猜疑了。這時心安下來，那兩天兩夜的激動無眠的疲憊開始襲來，晚上到達塞斯拉，竭力振作著走進旅館二樓的房間，立刻倒頭大睡。

沉睡中我又做了個夢，開頭怎樣已不記得，只記得又聽見了噠噠的響聲，越響越近，最後那麼可怕的逼近了門口，使我一驚而起，完全醒了。

睜開眼睛對那陌生的房間張望著，噠噠的聲音敲打在門上，現在已不是夢，而是有人在敲門。我跳下床來，開門一看，是旅館的茶房站在那裡。

「上尉先生，您有電話。」

我注視著他。我？有電話？這是什麼地方？在達塞斯拉，我一個人也不認識，誰會半夜來電話？那茶房催促著說：「上尉先生，請快點，是維也納的長途電話，我聽不清那人的名字。」

我立刻清醒過來。這準是康特醫生，有消息要告訴我。

「快下去，」我對那茶房大聲喊著，「告訴他們，我就來接。」

我急忙披上外衣，跟著他跑下樓去。那電話在樓下櫃台角上，那茶房拿著聽筒，彷彿對我說著：「他們掛斷了。」但我還是搶接過來，傾聽著。

什麼也聽不見，只有嗡嗡的聲音。「喂！喂！」我喊著等了又等。最後來了接線生的聲音：

「你通話了嗎？」

「沒有。」

「剛才接了線的。從維也納來的，請再等一會。」

又是嗡嗡喀喀的聲音，夾雜著遠遠的吼叫吹哨和電線的震響，最後忽然來了清晰粗魯的問話：

「這裡是普雷格司令部，你是作戰指揮部嗎？」

「不是！」我拼命地大聲喊著。那邊聲音含糊不清，接著完全消失。又是嗡嗡喀喀。又聽到接話生的說話：

「對不起，我問過了，線路很好。是被軍方緊急使用著，等一會我再給你接，請先掛斷吧。」

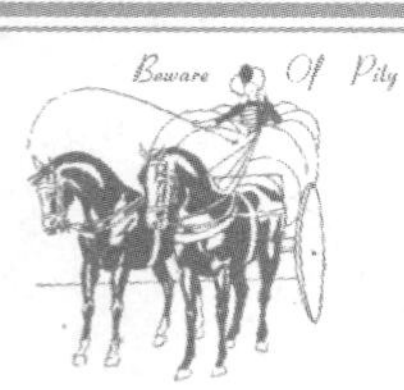

我精疲力盡地掛上聽筒，心咚咚地跳著，像剛爬上一座高山。是誰打來的電話？只有康特醫生，為什麼要在夜裡來電話？

茶房恭敬地走上來說：「上尉，最好還是回房去等吧，電話一來我就上去請您。」

但我拒絕了他的好意，不願再失去一次通話的機會。我一定要知道是發生了什麼事，我預感到有人要告訴我緊急重大的消息，有人在迫切需要我，我一刻也不能走開。茶房驚訝地給我端來一張椅子，我赤腳露腿地裹著大衣坐下來。我等了一刻鐘，半點鐘……實在忍不住了，又撥電話問接線生。她肯定地回答：「我正在問，等一會我就告訴你。」

等！再等幾分鐘？幾分鐘？幾分鐘？但一秒鐘之內一個人就會死亡，一個命運就會決定，一個世界就會毀滅！為什麼他們要我等這麼久？我坐在這裡發抖冒汗，已經等了一小時了。終於，終於又來了電話鈴聲，我趕快拿起聽筒；但接話生只說了一句：「電話已經掛斷了。」掛斷了？什麼意思？「小姐，請等一等。」但她也把電話掛斷了。

為什麼在半夜來電話而又掛斷呢？我要不要打個電話去問問康特醫生？萬一不

是他，那不太驚動他和那瞎子太太嗎？如果是他，也許到天亮後會再來電話。

這一晚怎樣熬過的，我已無法形容。我全身的神經都在緊張地傾聽著，等待著。但是等著等著，快天亮的時候，竟又睡著了。醒來一看錶，已十點半了。天哪，上校命令我一早去報到的。又一次，在我去想個人私事之前，那軍事化的頭腦先活躍起來，趕快穿好軍服便向著樓下跑去。那茶房想攔住我說什麼，被我一把推開，什麼事都要等會再說，我答應過上校，要立刻報到。

我走進辦公室，竟空洞無人，只有一位紅頭髮的副官坐在那裡，見我進來，吃驚地仰問著：

「上尉，請趕快到操場去，上校有緊急命令，要全體軍官在十一點整集合，準備出發。」

我急忙照著他的話跑去，果然大家都已到齊。我剛擠進行列，上校已經邁著沉重的步子走來。站定之後，他打開手中的文告，高聲宣讀著：

「現在有一件震驚全國和整個文明世界的可怕罪行發生了！」——什麼罪行？我吃驚地想著，不覺打起寒顫來，好像我就是那罪犯。「這是一樁最不道義的謀殺！」——什麼謀殺？我的心猛跳著。「奧國的皇儲——太子陛下被刺了。我們全

國軍民要立刻採取行動……」

什麼？皇儲被殺了？什麼時候？噢，對啦，無怪那車站上擠滿了人。這時上校還在繼續訓話，但我已聽不進去，不知為什麼「謀殺」和「罪行」的字眼，對於我那麼刺耳錐心，即使我是那殺害皇儲的人也不會更驚怖了。一種罪行，一樁謀殺——這是康特醫生用過的語句。忽然之間，我又記起昨晚的電話，為什麼今天早晨還沒有消息，可怕的事情一定終於發生了。趁著訓話完畢暫時解散的混亂，我急忙奔回旅館，想也許正有電話在等著我了。

那茶房交給我一封剛才沒來得及交的電報。我趕快撕開，什麼也沒有，只是一個通知，說我昨天在車站拍的電報無法投遞。怎麼無法投遞？在那小地方誰不知柯克斯夫家的小姐？我再也不能忍受這緊張猜疑，立刻給康特醫生打了個長途電話。

電話在二十分鐘內接通。奇蹟似的，康特醫生竟在家，並且親自來接電話了。

在不能延長的三分鐘內我知道了一切。命運之神已粉碎了我的計劃，那不幸的女孩沒有聽到我的忠實的決定，便離開人世了。上校所做的安排都未能實現，那天晚上，他們和我從咖啡館出來，分手之後，並未立刻回營，又到另一個地方去喝了些酒，乘著酒意，便到那藥劑師家，興師問罪地大鬧了一場。藥劑師受辱之後於心

不甘，第二天一早便去找柯克斯夫去質問，要他證明究竟是誰說謊，他在大吵大鬧的時候，柯克斯夫再三陪禮，只希望那些難堪的話不要被薏迪聽見，但偏巧窗戶打開著，每一個字都清清楚楚傳入薏迪耳中了。無疑地她立刻決心實行她久已計劃的解脫。但她表現得一點不露聲色，一再叫人把新衣拿給她看，又和伊蘿娜說說笑笑，對父親也溫柔體貼，不停地問著就要出發旅行的種種瑣事。他還叫約瑟夫打電話到營裡去問我什麼時候回來，有沒有留下信，事實證明了我已永久調遷，沒有向任何人留下一個字，一走了之。我給她的失望太深，打擊太重，她再也沒有力氣支持等待了。

午飯之後，她叫人把她送到平台上，伊蘿娜對她的反常歡暢，有點覺得奇怪，寸步不離地守著她。到了下午四點半，我往常來看她的時刻，也就是我那電報和康特醫生到來的前一刻鐘，她叫伊蘿娜去拿一本她愛看的書，趁她離開的那一會，這再也不能忍耐的可憐的女孩，便毅然地實行了她的決定，像我親眼見過夢中夢過的那樣投身跳下了高台。

康特醫生到來的時候，她還沒有死，只是昏迷不醒人事了，用救護車把她送到維也納的醫院，醫生曾竭力施救，希望能挽回她的生命，所以康特醫生打聽到我的

住址後，立刻掛了個緊急的長途電話，但在這六月二十九日的晚上，奧國皇儲被刺的日子，所有線路都被官方佔用，私人的電話簡直無法接通，午夜之後，他只好掛斷，過了半小時，她便與世長辭了。

在成千成萬調往戰場的人中，誰也不能比我更熱切地盼著出發，這並不是因為我愛國心切，特別好戰，而是因為那是我的唯一出路，我投身戰場正像罪犯逃往黑暗。在正式宣戰前的四個星期裡，我完全生活在自怨自艾的悔恨中。那痛心的滋味，至今想起還覺比前線砲火可怕幾倍，因為我知道由於我的懦弱，殺死了一個無辜可憐的孩子，一個最愛我的人。我寫信向柯克斯夫慰問，沒有回答；我寫信向康特醫生解釋，也沒有回音；甚至我的家人和別後的同事，也都沒有消息。我覺得所有的人都在用沉默卑棄著我的罪行，我的心中也但願如此，但願他們像我自懲似的懲罰我，像我自認那樣，把我認為罪犯。

在這整個歐洲騷動不安，戰訊頻傳，股票猛跌，所有的軍隊都整裝待發的緊急時刻中，我一心想著的還是我的卑鄙，我的罪過。調往前線對於我是一種解救，這世界大戰毀滅了億萬人的生命，卻單單從絕望中救出了我。

我不是說自己存心要去迎接死亡，只是說我比一般人比較不怕砲火，因為我怕

的是活著回家，再見那些知道我的罪行的人們，那比前線要可怕得多了。有什麼地方我能投奔？有什麼人在需要我，在愛著我？我將為誰和為什麼而活？所謂勇敢只不過是不怕死罷了，在戰場上我的確表現得很勇敢，就連最勇敢的人視為比死更可怕的受傷和被俘，我也毫不畏懼。我把一切都認為是應得的懲罰，甚至死神不肯光臨，那過錯也不在我，有多少次我是漠不關心睜著眼向他迎去的。不論哪裡有特別困難的任務須要完成，我總自動報名參加，那砲火越猛烈危險越大的地方，我越覺快樂。第一次受傷之後，我轉到機槍部隊，後來又轉到空軍部隊，到處我都有輝煌的戰績。每逢在公文上看到我的名下有「勇敢」的字樣，我便覺得自己是個大騙子，每逢別人端詳我胸前的勳章，我便趕快轉身躲避。

四年的戰事宣告結束時，我很覺驚異的是自己又能坦然地回到過去的世界中生活下去了。從地獄歸來的人對任何事都有了新的看法。致人於死這件事，在上過戰場的人和未經戰爭的人的心中，意義截然不同。在戰爭的血路上，私人的罪行早吸進到廣泛的罪惡之中。同一個我，同一雙手，同一對眼，但我曾親手架起機槍，掃射進襲的一隊俄國步兵，我曾從望遠鏡中去觀望剛被擊倒的受傷者的可怕眼光，看著他們輾轉呻吟終於死去；我曾射中一架直昇飛機，望著它一再旋轉之後，落到阿

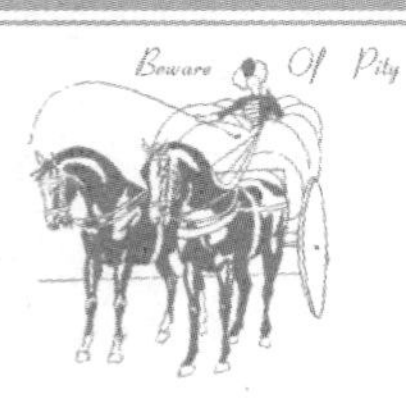

爾卑斯山頭，發出一陣火光，然後親手去翻動那些還在冒煙的屍體，尋找他們的身份證明。千千萬萬開赴戰場的人都和我一樣，使用著來福槍、手榴彈、機關槍、刺刀、肉搏，在做大量屠殺。在法國，在俄國，在德國，所有我們這一代的青年，都受過這史無前例的血的洗禮，私人事件，個人罪行，又算得了什麼呢？

更覺安心的是我重回的世界中，已沒有了可以作證反對我的人，沒有人能對如此勇敢榮歸的我，再揭發過去的怯懦，叫我做撒謊者。柯克斯夫在他女兒死後幾天，隨即去世了；伊蘿娜成了一位律師的妻子，住在捷克斯拉夫的一個村莊裡；上校已憂國自殺，同事們有的已經陣亡，在世的也因為日久，而早忘記了這段生活插曲。所有戰前發生的事情，在戰後都變得微不足道，就像那貶值的貨幣一般。沒有一個人來控告我，審判我，我像一個把殺害的屍體在深林裡埋藏了的罪犯，剛好大雪紛飛，他知道再過幾月，這雪的掩蓋會隱瞞住他的罪行，隨後將永遠找不到一點痕跡。所以我鼓起勇氣又開始生活了，沒有人向我提醒，我自己也就把罪過完全忘記，因為急切想忘掉的事，心就會把那記憶深深埋起。

只有一次，無意中遇到了提醒我的人。當時，我坐在維也納的歌劇院中最後一排椅子上聽演唱。前奏曲奏完，有一會休息時間，但燈光仍然暗著，僅只為了讓一

兩位遲到者有個進場的機會。有一位紳士和一位婦人，摸索著要經過我面前，走到那一邊的座位上。

「對不起。」那紳士很禮貌地向我鞠躬道歉。我望也沒望地便站起來讓他走過去了，但他沒有立刻坐下，只小心翼翼地照扶著走在他前面的婦人，把椅座為她拉下，又扶她坐進去。這種不尋常的照料，引起了我的注意。呵，原來是位瞎子，不由得同情地向她望去，那位紳士也坐下了，使我大吃一驚地忽然認出，那是康特醫生！這是唯一知道我的一切罪行的人，現在竟坐在我身邊，連呼吸都能感覺到。他的同情，不像我這樣懦弱，而他是「無我」的，勇於犧牲的，只有他能審判我，我在他的面前不能不羞愧。等一會中場休息，電燈一亮，他就要看見我了。

我開始發抖，舉起手來遮住自己的臉，唯恐在黑暗中也被認出來。我再也聽不進一個樂音，聽到的只有自己的心跳。好像黑暗裡我赤裸著身體坐在一群衣冠楚楚的人們中間，等會燈光一亮，就要把我顯現出來。於是在幕剛降落燈還未燃的那短促的時刻內，趕快起身，低頭向過道走去。我自信走得很快，沒被他認出，但是從那以後，我重新知道了一個人只要良心存在，他的罪過是永遠不會忘記的。

國立中央圖書館出版品預行編目資料

同情的罪/褚威格著；沈櫻譯.--六版--
臺北市：大地， 2000〔民89〕
面；　公分.--(大地譯叢；1)
譯自：Beware of pity
ISBN 957-8290-10-1(平裝).

882.257　　89001319

同 情 的 罪

大地譯叢 1

作　　者：褚威格
譯　　者：沈　櫻
創 辦 人：姚宜瑛
發 行 人：吳錫清
主　　編：陳玟玟
封面設計：曾堯生
法律顧問：余淑杏律師
出 版 者：大地出版社
台北市內湖區環山路三段26號1樓
劃撥帳號：0019252－9(大地出版社)
電話：(02) 2627－7749
傳真：(02) 2627－0895
印　　刷：宇慶印刷事業股份有限公司
排　　版：辰好電腦排版企業有限公司
六版一刷：二○○○年四月
定　　價：200元
Printed in Taiwan

地 大地 大地 大地 大地 大地 大地 大地 大地 大地